Ludwig Weibel
Feingefühl für Ewiges
Völliges Vertrauen auf die Geisteskräfte

Books on Demand

FSC
www.fsc.org
MIX
Papier aus ver-
antwortungsvollen
Quellen
Paper from
responsible sources
FSC® C105338

Bibliographische Information der Deutschen Nationalbibliothek. Die Deutsche Nationalbibliothek verzeichnet
diese Publikation in der deutschen Nationalbiblio-
graphie, detaillierte bibliographische Daten sind im
Internet über http://dnb.dnb.de abrufbar.

© 2016 Autor: Ludwig Weibel
Herstellung und Verlag:
BoD – Books on Demand, Norderstedt
ISBN 9783844811506

Ludwig Weibel

Feingefühl für Ewiges

Inhalt

Minnesang der Gottesfurcht

1.1

Kaprizen sind im Allgemeinen dazu da um das Gemüt zu unterhalten und ihm neue köstliche Impulse zu verleihen.

Mustergültiges Verhalten, tradionsgemässer Auftritt sowie die Liebenswürdigkeit in corpore sollst du vorzuweisen trachten, wenn Ich dich zuweilen zum Rapport in Sachen Seinsentwicklung vor Mich hin zitiere. Deine Haltung muss ja dem entsprechen was du intus hast an wahrer Grösse des Bewusstseins menschlicher wie göttlicher Natur, zu denen du in generationenlanger Arbeit an dir selber gütlich und gewissenhaft, traulich und erbaulich aufgestiegen.

Ich will den Menschen wie die Menschenvölker endlich ganz nach Meinem Bilde schauen, das da Einigkeit mit Mir und Tugend atmet, Rechtschaffenheit, Barmherzigkeit am Anderen sowie Verlässlichkeit in Sachen geistesabenteuerlichem Vorwärtsstreben. Was du auch immer unternimmst, es soll im völligen Vertrauen auf die Geisteskräfte Meiner Provenienz und Partyfreudigkeit geschehn. Du sollst dich mitten in der Zeit allwie im Zaubergarten Meiner göttlichen Manier vortrefflich aufgehoben sehn. Hier wallen Meine Güte, Liebe, Traulichkeit und Seelenstärke ständig zu dir über. Sie erlauben dir, das Unerhörte, Grandiose unvermittelt anzupacken und im Glauben an Mich Werke zu vollbringen, die man nie für möglich hielt und die die Menschen schlichtweg Wunder nennen, wunderbar begeisternd, alles überragend, majestätisch und aufs Äusserste gediegen.

Willst du dir Gedanken über deinen Fortschritt machen, sieh Ich leih sie dir. Du brauchst dich nur in Meiner Hände Guss und Gleichnis zu begeben und schon stilisieren sich die Bächlein deiner

Unternehmungen zu Flüssen, Strömungen und mächtigen Meandern die allesamt ins Meer der köstlichen Erfüllung und Bereicherung der Lebenswelten fliessen. Du hast das Zeug in dir um so Erhabnes zu vollbringen und um in Geistgelehrigkeit den Minnesang der Gottesfurcht und -nähe seelenvoll und heiter vorzutragen. Ich bringe deine Engelsstimme zum fibrieren und erziehe dich dazu dich voller Anmut und Geläufigkeit, Genialität und Virtuosität auf dem Parkett der ewigen Gelassenheit und Gotteswürde zu bewegen.

1.2

Willst du wachsen, wachse schlank und rank zu Mir empor in Geisteshöhen die kein Menschenaug je sah. Ich begrüsse dich von Zion her und beschenke dich aus Herzensfreudigkeit und Generosität mit Meinen königlichen Gaben. So weit dein Wille auch hinausreicht in des Alls Gewissen und Gefahr du brauchst dich nicht von Mir verlassen und negiert zu fühlen, denn Ich Bin allüberall schon immer da wo du dich feiern, fühlen und gestalten willst in Meinem hochgebenedeiten Namen. Ich habe einen Eid getan, dass Ich dich immerzu begleite wo du auch gehst und stehst und dass Ich dir den Weg bereite durch des Raumes Hallen wohin auch dein Bewusstsein wie dein Herzblut sich bewegen.

Dass Ich immerzu bei dir Bin ist die Quintessenz der Gottesgaben die Ich dir vor Urzeit schon voll Verve und Mitgefühl verliehen habe. Ohne Mich bist du aufs Äusserste im Niemandsland verloren, das du um dich breitest in der höchst naiven Menschentat; doch selbander mit Mir ist alles aufs Beglückendste erfüllt vom Weistum, Elixier und Zauber Meiner Gnaden.

Auch auf dem minikrimen Erdenrund Bin Ich dir stets aufs Treulichste ergeben und verwöhne dich nach Strich und Faden in der Prozedur des Lebens das Ich mit dir, in dir und apart von deiner Leiblichkeit auf Universenfuss und -sitte führe.

Du dauerst Mich solang du nicht begriffen hast wie sehr Ich dich von A bis Z verwöhnen will in deiner blossen, liebenswürdigen Struktur. Mein Leben hab Ich dir verpachtet und du willst es nicht mit klaren Augen sehn. Meine Güte lasse Ich dir angedeihen und du nimmst sie nur recht spärlich von Mir an. Das ist pitoyable und für dich als Fehllauf zu betrachten, der der scharfen Korrektur bedarf von Mir wie auch von deiner Seite kühnem Stoss.

Erst in Meine Mitte eingefahren kann es dir ganz wohl sein im vernünftigen Gebaren wie im absoluten Seinsbewahren. In ihm bist du allertiefst beseligt und befördert, überzeugt von Meinen Werten und schlussends voll Wonne, Glorie und Glückseligkeit ins Paradiesische erhoben.

1.3

Achtsam sein ist eine Tugend die vor allen anderen dein Bild von dieser Welt verändert und behutsam bis in Meine lichten Geisteshöhn bewegt.

Das Eine braucht das Viele nicht und muss doch in es untertauchen. Es sind die Kränze die es allem Leben flicht die so bezaubernd sind, dass es, um sich an ihnen zu ergötzen, hinuntersteigt ins Reich der blendenden Illusionen.

So Bin Ich denn ins Niemandsland gestossen und weiss Mich Meiner Lage kaum noch zu erwehren. Uneinigkeit entsteht und Missverständnis weil die herrschenden Akteure die Gemeinsamkeiten rücksichtslos an ihre Eigenwilligkeit verraten. Eine Welt im Aufruhr steht vor aller Augen, die vergisst, sich für das Edle, Philanthropische und Liebevolle zu entscheiden.

Ich schaue Mir das Weltenchaos schmerzlich an und hebe doch, inmitten Trauer, Wut und Klagen, silbenfein zu singen an, um die geplagten Seelen zu besänftigen und sie voll Sanftmut und Behutsamkeit aus ihrem Elend zu befreien.

Es ist noch alles nicht verloren solange deine vielverzweigten Ohren feinen Lauschens fähig sind wie des Erkennens dessen was gehörig ist und liebvoll angemessen an das Schickliche, das droben drängt und leitet und den Klang der Lebensdinge wunderbarerweis versteht.

So muss das Rücksichtslose, Unbotmässige und Laute, im langen Atem Meiner Zeit allmählich doch dem Feingefühlten, fabelhaft Geselligen und Liebevollen weichen. Es ist die Fülle Meines Seins die schliesslich doch zum Zuge kommt und das unmöglich Scheinende gebiert, dass sich die Menschen ohne jeden Vorbehalt in ihrer Eigenart begreifen und damit auch das Eine ehren, nämlich Mich als Angelpunkt der Geistesgüte und Gerechtigkeit, Erhabenheit, Glückseligkeit und Harmonie in ihnen.

1.4

Traue wem zu trauen ist - und der Bin Ich vor allem anderen, das dir in solchem Überschwang begegnet und dich geschwind, gekonnt und siegessicher um den Finger wickeln will. Schlussendlich bleibt dir keine andre Wahl als Mich im Ewigen zu suchen derweil du Mein System im Weltlichen beileibe nicht gefunden hast selbst mit den raffiniertesten Methoden.

Mein Impuls ist denkbar einfach, denn er lautet: „Halte dich und deine Zappelglieder still für köstliche Momente in denen du gewahr wirst wie die Weltendinge wirklich *sind* und weshalb sie sich eben so und anders nicht verhalten.

Die Geheimnisse des Lebens zu ergründen gehst du aus und kehrst reich befrachtet mit Erkenntnissen der allerhöchsten Art und Weise wieder. Du strotzest von Natürlichkeit indem du dich zutiefst ins Wesen der Natur versinken siehst in profunden Meditationen. Dein Feingefühl für Ewiges verstärkt sich wunderbarerweis mit jedem hochbeglückenden Momente in welchem du dein Eigenes zum Schweigen bringst um nur noch Mich und Meines überirdischen Geflüsters süssen Wohllaut zu vernehmen. Mit jedem Wort das Ich dir so besage wird dir gewisser, dass du Bist Mein Wesens Urkraft und bedeutungsvolles Resümee von Geisteswirklichkeiten, wirkend im Allhier. Die Universenweiten sind mit deiner Inkarnation ins minikrime Erdenweltliche gezogen und beleben und befruchten dich als eine Labsal ohne Ende mit unendlicher Gewähr. Du Bist und darfst es wissen, wenn du reif dazu bist als Verklärter und Gesegneter, Verwandelter und Sakrosankter unter Meinem Baum der Weisheit wonnevoll zu weilen. Du bist dir selbst zum Ideal der Menschengöttlichkeit geworden und bedarfst der weiteren Belehrung nimmermehr. Sein vom Sein bist du in allerhöchsten Sphären der Holdseligkeit und Gottesminne und ergehst dich in Mir wie in einem Zaubergarten höheren Geschicks, Vertrauens, Schauens, ewigen Heiterseins und unendlichen Erlabens.

1.5

Wohlfeil Bin Ich nicht doch wohlgesinnt und allem Weltsein tief verbunden, wenn du's nur erkenntest Mensch von hier und heute in der rasenden Begier nach Neuigkeiten. Du triffst dich selbst, wenn deine Treffen nur dem Mammon, dem Vergnügen wie der bitterbösen Schinderei der weniger Begabten gelten, denn jedem Wesen liegt dieselbe göttliche

Substanz zugrunde die Ich Bin und die vereinen will was sich verloren und versöhnen was verfeindet war.

Wie kommt es, dass so viele Reibereien, Missverständnisse und Kriegereien auf der Welt bestehn? Weil die Kontrahenten nicht bereit sind in dem Gegenüber einen Gottesfreund und Bruder der Allherrlichkeit zu sehn und eine Schwester aus derselben Sippe von des Gottes Schöpferkraft und Fantasie.

Wären diese Qualitäten allgemein in den Gemütern fest verankert als gegeben und von Mir ins Feld geführt, würden keinerlei Querelen, Quälereien und Schikanen mehr bestehn.

Aber was das Grösste ist kann von den vielen erst geahnt und noch lange nicht begriffen werden nämlich, dass sie *sind* seit eh und je die Generation der Geistgeburt aus Meinem Mich-Begründen. In ihnen unterhalte Ich Mich mit Mir selbst und generiere einen Austausch von Gedanken und Empfindungen deren Einigkeit frappiert und den Beteiligten aus Herzensgrund Beglückung, Lebensfreude, Wohlverständnis und bedeutenden Erfolg beschert.

1.6

Deine Hochfahrt in die geistigen Gefilde wird das Beste sein das du dir je errungen. Es macht dein Wesen erst bezaubernd, lebenstüchtig, tolerant und wunderbar gediegen. Was du im Innern dir erwirkst, verwandelt, was du aussen bist, in einen Hort des frohgemuten Reüssierens. An ihm erbaut sich manches zarte Seelensein und lässt sich von ihm in gerechte Bahnen dirigieren auf seiner Wanderung zu einem hochgemuten Ziel. Du Bist und wirst es innert absehbaren Zeiten wirklich sein in deinen eigenen wie in den Augen derer die dich zu ihrem Vorbild und Profil erkoren haben.

Wo *du* wandelst drängen sich gar viele hin um das Geheimnis deines Reüssierens unvermittelt zu erfahren. Ein Lehrer wirst du sein von auserlesnem Renommee in Sachen Geisteswissenschaft, Verkehr mit dem Unendlichen wie mit der Seinserkenntnis als der höchsten zu erringenden und zu besingenden der Disziplinen.

Bist du motiviert, so kann Ich dir noch einen drauf versetzen, indem Ich dich mit Meldungen versehe von des Geisteshimmels Bucht und Frucht und eminenten Wohlbekömmlichkeiten. Du beginnst für wahr zu halten was für viele noch als Märchen, Glaubenssache, Fantasterei und blühende Versponnenheit bewertet und erledigt wird. Was du in dir erkannt hast trägt das Siegel gotteswürdiger Manier und darf sich bis zu allerhöchsten Rängen ungeniert bewundern lassen. Was du dir geworden bist mag manchem noch als unglaubwürdig und frivol erscheinen, doch du *weisst* und niemand kann dir nur ein Jota davon nehmen. Ich Bin dir Bürge deiner Gotteszeiten und bewahre dich im Unergründlichen in sagenhaftem Wonnesein, in tänzelnder Verspieltheit wie in wunderbar beseligender Harmonie.

1.7

Wächter Bin Ich immerzu am Tor zu deinen Gütern, derweil Ich sie davor behüte, dass sie dir verunglimpft und beschädigt werden. Mein Bestreben ist es, dich für alle Zeit in den Gefilden reinen Seins saluber und solvent zu halten. Was willst du mehr? Es singen dir die Engelscharen Madrigale und die reizendsten Beginen unter ihnen spielen dir auf Königsharfen ihre Lieblingsmelodien vor. Nie genug kannst du den graziösen Tönen lauschen die dein Herz begütigen mit ihren zart beseligenden Wogeneien. Wie federleicht sind die Gesetze der Allherrlichkeit geworden, wie rührend der besänftigende Aufenthalt des Seinsgewissens in den Ätherräumen über Mir. Es ist des reinen Seins gewinnende Gebärde der Ich Mich voll Seele ohne jeden Vorbehalt ergeben habe. Hier offenbart sich eines Liebeshimmels Wohllaut und Wahrhaftigkeit in seiner vollen Schöne und versetzt Mich in vollendete Genügsamkeit an dem was Ich zum unvergänglichen Geschenk erhalten habe. Ewig lauter, ewig heiter und zutiefst bewegend ist die Atmosphäre strahlender Glückseligkeit in welcher sich Mein Seinsgewissen wesenhaft befindet und sich den Herzensfrieden wohlgefallen lässt in fabelhaft begütigenden Zügen.

Wohlfeil ist nichts in diesen Regionen, doch ist es erst voll Liebe, Herzenstraulichkeit und Wohlbedacht errungen ist, kann dir für alle Zeiten und Gegebenheiten nichts mehr fehlen. Du Bist und darfst dich rühmen eines Gottesreichs Gefährte und Verbündeter zu sein der nimmer Mangel und Entbehrung leidet, weil ihm die Fülle aller Möglichkeiten und Erweiterungen, Sinngebärden und Erhabenheiten bis ins Unermessliche vollkommen zur Verfügung steht.

1.8

Wer *ist* dem kann kein Weltgedanke mehr zur Last und Lästigkeit gereichen. Zwar verströmt er seines Seins Gewissen an die Hilfedürftigen und Sehnsuchtsvollen auf dem Erdenplan, doch ist er wesenhaft mit Meiner Seinsgefälligkeit verbunden die ihm alles bietet wessen er bedarf und ihn zur Seligkeit verführt in vollen runden Zügen.

Lässest du dich auf den Seinsgedanken ein, wird dir zu allem was du emsig und gewinnend tust auch noch die himmlische Gerechtigkeit dazugegeben. Du änderst deinen Sinn, indem du ihn von allen

Dingen weltlicher Popanz, Bewunderung und Tücke abziehst, die dir im Grund genommen nichts als Sorgen, Nöte, Widrigkeiten und Verdruss bereiten. Du lässest ab vom scheinbar Guten, wirst Herr im Geisteshaus und vermehrst die wahren Nützlichkeiten die da sind: Vertrauen in des Seins erhebende Parade, deren Definiertheit dich geschickt und frei von Floskeln durch das Leben führt sowie Erkenntnis des gottseligen Bewusstseins mit dem Ich dich seit eh und je aufs Köstlichste bediene.

Meine Attitüde ist der deinen messerscharf und haushoch überlegen, denn sie nährt sich zweifellos aus der bewundernswerten Fülle und Gediegenheit des Absoluten, dessen Wohlklang alle Welt entzückt und zur Beseligung Elysiens führt in seinen grenzenlosen, lichten Gründen. Mit allem was das Sein betrifft kannst du nicht fehlen. Es ist die erste wie die letzte Würde die dir zusteht als von Mir gegeben und zu deiner immerwährenden Erquickung, Läuterung, Beglückung und Entschiedenheit ins Feld geführt. Du profitierst unsäglich von den Gottesgaben mit denen Ich dich liebevoll verseh um deine Leiblichkeit wie deinen Geist zu stählen und dir sagenhafte Werte zu verleihen für dein unvergängliches und ultimates Wohl.

1.9

Fidel und praktisch zugleich soll dein Leben allezeit verlaufen als von Mir gegeben und allgemach zu höchsten Höhn geführt. Ich vermittle das was währt und was die Unbill bändigt zugunsten einer Billigkeit und Wohlfahrt deines Lebens von unendlicher Gewähr. Das ist und bleibt der Beitrag Meinerseits den Ich dir mit grösster Selbstverständlichkeit, Freigiebigkeit und Nonchalance gewähre. Du hast es in der Hand darüber freien Sinns und frohen Mutes zu verfügen. Bist du dir bewusst, dass du deine Herkunft über viele Inkarnationen individuell gestaltet hast mit allen Möglichkeiten die dir zur Entfaltung dienten? Der Meister wie die Meisterin des eignen Schicksals darfst und sollst du sein mit der Gefälligkeit von sagenhaften Variationen.

Doch wer Bist du um so viel Kapital und Nützlichkeit, Blanko und Vertrauen lebelang und gütlich auszutragen? Mich natürlich in der ganzen Breite und Behäbigkeit, Fantastik, Genialität und Liebenswürdigkeit des Gotteswesens, das Ich Bin, und in das du vollends eingewoben bist unweigerlich, bedeutungsvoll und morgenschön. Es ehrt dich Mich zu sein mitten in der Hast, den Spezialitäten wie den Unglaubwürdigkeiten deiner Lebenstage. Du wirst es wissen und dich dann strikte an die Regeln Meines Geisteshimmels halten. Dein Erkenntnistag wird dir zum Freudenfest der Neugeburt in Meinen Offizinen kosmischer Natur in der vollendeten Verbindlichkeit mit allem was Ich Bin in dir. Du Bist ins reine Sein erlöst von dem aus deine Züge tief ins Erdreich ragen. Des Universums Teil und zugleich ganz dich selbst bist du geworden und darfst dabei trotz deinem solitären Engagement bewusst und heiter, lieberfüllt und wonnevoll im Gottesreiche selig weilen.

1.10

Das Kleine wird unendlich gross, das Saisonale zum allewigen Bestand in deinen Gütern, Wonnen und Gepflogenheiten. Du gewahrst Mein Wohl und bewahrst es in dir als die Ratio und Richtung, Relevanz und Tatenfreudigkeit bis hin zu deinen allerfernsten Erdentagen.

Die Kraft der Liebe lässt dich dabei licht und schön erscheinen und vermehrt um ein Beträchtliches die Wirkung deines Auftritts bei den Menschen deiner Wahl. Was du an Sympathie gewinnst bei ihnen fördert die Bereitschaft dein Gedankengut in Minne aufzunehmen und sich damit zu beschäftigen zum Wohl der Welt wie auch zum allgemeinen Fortschritt den du generierst in ihr.

Dir ist es vorbehalten das konkret zu präsentieren was Ich aus Geisteshintergründen offenbaren will in einer Welt die sich zwar wirklich nennt die aber blosser Schein ist im Vergleich mit dem was Ich Mir Bin im Seinsrealen. Sowie du Meines Reiches Fülle und Erhabenheit betreten hast gehn dir die Augen auf darüber was den Dingen Form und Farbe, Charme und Liebenswürdigkeit verleiht aus der Gedankenkraft und Würde der Gottseligkeit gebo-ren. Nur aus der Ordnung und Gewissenhaftigkeit, der Konzentration der webenden Gedanken wie aus dem spielerischen Fantasieren können überragen-de Gestaltungen und Wunderwerke feinster Art erblühn. Du bist gehalten schlicht und recht in einer Weise zu agieren die eines Menschengottes würdig ist für alle Zeiten Ihm und Mir zu Ehren.

1.11

Ohne Hoffnung kannst du nimmer sein und ohne Mich noch weniger, der Ich das Feuer deiner Pläne Bin sowie der Funke der es jäh entzündet und zum Lodern bringt für alle die sein Wirken, Wärmen, Strahlen, Leuchten und Beglücken schätzen und verehren wollen. Die heilige Begeisterung am Leben hab Ich dir als Gabe der Weisheit in die Wiege gelegt. Du brauchst sie nur gehörig zu ergrei-fen und schon hast du das Brachfeld, das vordem kläglich vor dir lag, in einen blumenstrotzenden Garten verwandelt, an dem sich männiglich im Innersten erfreuen mag.

Vor allem aber hast du auch von Mir, dem reinen Leben, Lebenslustigkeit und Fantasie zu akqui-rieren, die dich unbeschadet und galant über alle

Runden bringen die du, als von Mir gegeben, wachen Sinns zu absolvieren trachtest. Mit Meiner Siebenmeilenkraft begabt und mit dem guten Willen, den du unverzagt zu leisten hast, kommst du genau dort an wo Ich dich haben will: Am Port des Übergangs in eine Welt der geistigen Bravour und der unendlichen Geschicklichkeit in allen Disziplinen meisterlichen Seins-Jonglierens.

Du bist sowohl von dir wie Mir dazu erwählt, ein passionierter Freak des fürstlichen Zusammenlebens mit dem Weltengeist zu sein, der dich zu wunderbaren Hochplateaus und Gipfeln führt, von wo dein Geisteshorizont zu Fernen führt von makellosem Glanz, von Unschuld des Agierens wie von inniger Befriedung aller Herzen die sich ihnen selbstbewusst und ewig heiter nahn.

1.12

Überschwänglich und aufs Äusserste gekonnt sind Meine Künste auf dem Seinstrapez das Ich Mir zur eigenen Belustigung wie zur verschwenderischen Schau vor grossem Publikum erdacht und eingerichtet habe.

Du kommst und gehst und faszinierst und meisterst und verlierst in der Manege des profanen Lebens und beginnst dich auf das Wesentliche zu besinnen das da heisst: Konzentration auf das was du gerade tust in allerbester Absicht wie Beharrlichkeit an dem was du dir wachen Geistes vorgenommen. Alles was du so verrichtest und der Welt verehrst soll deinen wie auch Meinen Standard aufs Vortrefflichste erfüllen damit niemand daran Anstoss nehmen mag. Ich garantiere dir: sowie du deine Zügel fahren lässest und sie vollends Meinem Willen und Gewalten übergibst, wird dein Werk von A bis Z Vollendung in sich tragen. Was immer von Mir kommt atmet das Arom der göttlichen Gefälligkeit und Harmonie, in der Ich zweifellos Mein Sein erlebe. Hier herrschen Ordnung erster Qualität und Sitte von berührender und wunderbarer Makellosigkeit die ihren Duft in alle Weiten Meines Seins verströmen. Sie sind Garant der Einheit aller Geisteswesen die in Meinem Reiche wohnen und dabei das Ihre aufs Entzückendste, Manierlichste und Liebevollste pflegen.

Hast du begriffen, worum es auch in deinem lebelangen Dasein geht, wird ein Tag dem andern wie am Schnürchen folgen, von überirdischem Erfolg gekrönt und von den Meinen liebevoll als Wohllaut der Gerechtigkeit am Sein und Höhwärtsstreben angenommen.

Das ist deine wahre Zukunft und wird dir bald zur steten Gegenwart gedeihen, wenn dein Wesen sich in Meinem vollends heimisch fühlt und weder Tod noch Teilung fürchtet in der unnachahmlichen Gewissheit von der auserlesnen Einheit aller Dinge, Mächte und Gewalten, Liebenswürdigkeiten, Axiome, Seligkeiten und Erbauungen im göttlichen Allhier.

1.13

Wie eine Koppel friedevoller Pferde sollen deine Neigungen und Wünsche vor dir grasen und dir in schlichter Seinsgefälligkeit den Weg bereiten in die Traulichkeit mit Mir dem grandiosen Überwinder aller Unbotmässigkeiten und verdriesslich angelegten Szenen. Eben damit kannst auch du versichert sein, dass die Verhältnisse und Bürden deines Lebens von Mir mitgetragen werden in dem Masse wie du sie Mir übergibst vertrauensvoll in liebendem Erwarten.

Ich aber mache Mir ein Fest daraus dem Gang der Welt Mein götterlichtes Siegel aufzuprägen, indem Ich das was Ich an ihr voll Zuversicht begonnen auch vollende. Dazu ist Mir alle Macht und Herrlichkeit, Allliebe und bewusste Seinserfülltheit in die Hand gegeben. Mir mögen noch so viele tückische Querelen sich entgegenstellen, Ich fege sie hinweg mit *einem* hochdramatischen Gedanken und mache reinen Tisch vor Mir zum Aufbau faszinierender Ideen die das Universenwerk begeistert weitertragen.

Ich krieche keinem auf den Leim und mag er sich auch noch so majestätisch, kenntnisreich und aufgeblasen wie ein fetter Frosch gebärden. Ich durchschaue seine Schliche und lasse ihn geflissentlich im eignen Safte schmoren bis er einsieht wer der Herr im Hause ist und wem er zu gehorchen hat in seinen fadenscheinigen Illusionen.

In Meinen lichten Höhen aber herrschen derweil makellose Ruhe göttlicher Holdseligkeit sowie die ewige Heiterkeit Elysiens in die Ich Mich vor aller Zeit zum unerschütterlichen Schutz begeben. So sind Himmel, Erde, Überwelt und Unterwelt von Mir beglaubigte Gebiete die in Meiner ständigen gottseligen Gewissenhaftigkeit und Obhut stehn. Ich würdige, was *ist,* mit allen Konsequenzen und Verschiedenheiten, Beschleunigungen und Verzögerungen, Süchten und Erhabenheiten und heilige es all so lang bis es bereit ist sich ins All der Liebenswürdigkeit des Herrn und Meisters seelenselig zu verfluten.

1.14

Pflegeleicht ist keiner ausser Mir dem sakrosankten Hüter der gottseligen Gesetze der Barmherzigkeit an Welt und Leben. Ich bringe auf den Punkt was Myriaden Andere noch ganz verschwommen sehn und tüftle nicht derweil die Lösung aller Rätselhaftigkeiten silberhell vor Meinen Strahlenaugen steht. Du brauchst sie dort nur abzurufen, dass Ich sie dir sende brandneu und zweifellos für dich von unschätzbarem Nutzen.

In der Stille legt sich dein berühmter Wille demutsvoll und schicklich vor Mich hin um den Vatersegen zu empfangen. Das erfrischt die matt gewordne Seele, dass sie ausnahmslos vertraut und sich den weisen Weisungen ergibt die Ich ihr in der Folge zugehalten habe. Damit stilisiert sich ein bemerkenswertes: „Wie du Mir so Ich dir" zugunsten eines Weltgefühls von unsagbarer Schöne. Die erhabene Beziehung zwischen dir und Mir wächst mählich ins Unendliche hinein von einer Wirklichkeit die trägt, bezaubert und befriedet, allen Drängeleien um dich her zum Trotz und zur Erbauung, wirkungsvoll und wesenhaft in unergründlichem Gedeihen.

Lass es dir von Mir gesagt sein, dass noch alles was Ich mit dir teile den Charakter ausgesprochener Verbindlichkeit und Tugend in sich trägt, die alleweil die Herzensbildung wie die Seinserhebung deines Sinnens und Beginnens, Gewinnens und Verköstlichens zum gloriosen Ziele haben. Die wonnevolle Stunde naht wo du dich als das alles überragende Agens der Gottesgüte und Verbundenheit mit Ihm erkennst die alles in den Schatten stellt was dir bisher an Erleuchtung und Gewissheit, Sinnkraft und Bestätigung der Zuversicht geschah. Es wallt die Freude wie ein sanft bewegtes Meer gemächlich auf und nieder und besänftigt was du Bist zu einem Wesenswert von unnachahmlicher Gefälligkeit am Sein und Leben, Lieben, Aufblühn und die wahren Werte jubelnd und aufs Köstlichste gestillt zu estimieren.

1.15

Tröstlich und verbindlich wallen Meine Geisteswogeneien in dein Schicksalsreich und Reichtumsmeer. Was sich so vermengt befördert alle deine

Seinstalente in entscheidender Manier und erhöht dein Sein zu einer Würde ohnegleichen akkurat und vornehm, traumhaft, traulich und verbindlich in der Meinen. Deines Daseins Drang und Marschbefehl behält die Gültigkeit für viele lange Leben die dich formen und zur vollen Seinsverständigkeit erhöhen wollen. Du bist Geist vom Geist und weisst was sich in diesem Falle ziemt indem Ich dirs von Fall zu Fall herzinniglich besage. Du kannst nicht alles was dir Not tut aus dem Gastrecht wissen das Ich dir im Irdischen Gewähre. Das Überirdische beginnt wie eines Morgendämmers Sanftmut und Behutsamkeit in dir zu tagen und versieht dich mählich mit dem Wissen von dem Sein, das Ich dir Bin, in deinem Dich Begründen. Strebst du nach Vollendung, kommst du nicht an Mir vorbei und niemals wird es dir gelingen dich ganz allein auf dich und deine Zungenfertigkeit und Schlauheit zu berufen.

Das Soziale reicht von deinem Hier ununterbrochen bis zu Meinem und entpuppt sich als ein Fest der Einheit unter Brüdern, Schwestern und Verwandten bis hinauf zu allerhöchsten Nominationen. Diese Schau auf die Zusammenhänge in Bezug auf deines Wesens Seinskapazität und Einzigartigkeit versieht dich mit der Würde die dir zusteht wunderbar. Du beginnst was du dir Bist zu schätzen und zu lieben und bereitest deinem Sein Entzücken höheren Grades bis hinauf zu Mir wo du dann ruhig strahlenden Gewissens deine wie auch Meine Geistesgegenwart geniessest an der Stelle göttlicher, gottseliger und himmlischer Gewähr.

1.16

Sind die Geschwister deines Seins mit Mir verbunden? Sie beleben und belegen was du Bist auf allen Ebenen des Seins in Universengründen. Oben ist wie unten, unter dir wie allerhöchst im

Zaubergarten der Unendlichkeit wo sich die Kinder der Erkenntnis in Holdseligkeit und Gottesminne, Liebenswürdigkeit und Glorie ergehn. Wie kannst du nur so lange ohne Seinserkenntnis leben? Sie schenkt dir wahrlich das Arom des ewig Guten das Ich in himmlischer Gelassenheit und Wohlfahrt in Mir trage. Du schweigst auf diese maliziöse Frage, weil du nicht wissen kannst aus welchen Höhen sie zu dir herniedergleitet um dich vom Schläfchen der Gerechten zu erwecken. Hast du deine Seelen-augen gründlich ausgerieben, schaust du die Welt auf andre Weise an, als wär sie neu vor dir erstanden, seinsgewaltig, edel, lichtvoll und ent-schieden genial in allen Disziplinen.

Alles was von Mir kommt ist zuallererst gerade auch für dich bestimmt, getrimmt und auf der Waage der Gerechtigkeit sorgfältig glattgestrichen. Vorderhand kannst du getrost und tüchtig konsu-mieren all so lange bis du dir Gedanken machst darüber ob es nicht vernünftig wäre etwas von dir herzugeben damit du nicht zu schwergewichtig wirst in deinem kindlichen Gehaben. In der Tat kann dich Konsum allein niemals befrieden. Die Gesetze allen Handelns sind von Mir auf seelenvolles Geben, Nehmen, sich Verschenken und sich selber Wieder-finden festgeschrieben. An diese genialen Zyklen bist auch du unweigerlich gebunden und hast dich ihnen zu ergeben. Wenn nicht, verfehlst du deine Tritte hoch zu Mir und zur Erkenntnis himmlischer Gegebenheiten die dein Herz wie nichts erfreuen und ihm Ruhe, Licht, Wahrhaftigkeit und Seligkeit gewähren.

1.17

„Memento mori" steht auch an der Pforte deines Hauses schlicht und einfach angeschrieben. Dringst du in es ein, so wirst du inne, dass das Ewige in seinen Räumen gar nicht sterben kann. Es ist die strahlende Essenz der Gottesgüte die dich auf dem Weg des Schicksals treu begleitet den du gehst und der dich formt und findig macht, famos und fügsam Meiner makellosen Weisheit gegenüber. Gesteh Mir, dass du dich noch so gern mit allen Wassern der Gottseligkeit, der Liebestrautheit wie der Weisheit waschen liessest, wenn du nur den Zugang zu so viel Geschmeidigkeit, Genie und Gottesminne fändest. Ich aber sage dir: Du hast ihn schon gefunden, unbemerkt, in deinen wild bewegten Tagen. Hast du die Gnade, täglich nur für wenige Minuten vor dir selber still zu sein so bist dus auch vor Mir, der Ich dich Bin und der dich noch so gern in Meine lichten Räume führt um dich darin mit Gottesweisheit zu belehren.

Ich kann dir Meine Stärke bald auf beide Hände zählen, wenn du nur begreifst, dass du sie hinzuhalten hast mit ruhiger Gebärde und mit namenlosem Seinsvertrauen. Das Verschwiegne mach Ich offenbar und das Gottselige wird dich in deiner Andacht überkommen als ein Hauch von Glück, Beständigkeit und Lebensliebe. Meine Wahrheit gibt es nur einmal und Meine Tugend ist von Jugend auf bei Cherubinen in der Pflicht gestanden makellos zu sein, vollgültig und gediegen. Bist auch du mit dieser Meiner Art gewappnet, darfst du fröhlich, unbesorgt und heiter durch die Lebenstale fürbass gehen. Ich Bin dir Pate, Präjudiz und Polterer in einem um dich gradzubiegen wenn dich krumme Touren torturiert und übel zugerichtet haben. Grad heraus sollst du mit jedem Wort und jeder Geste vor dem Engel, der Ich für dich Bin, einhergehn und bestrebt sein dich vor Mir nicht ständig zu blamieren. Bist du zerknirscht, so richte Ich dich auf voll Muttersorglichkeit und halte dich gekonnt in Meiner Schwebe um dir die Leichtigkeit des Liebeshimmels vorzuführen. Ich bin förmlich zu dir hingedrängt um dich in Sachen Seinswahrhaftigkeit und Seelenseligkeit aufs Wunderbarste und Intimste zu belehren. Das ist dann für dich der Anlass endlich auf Mich hinzuhorchen und der Fülle Meiner Worte zu gehorchen massgerecht und silbenklar. Du beginnst die gute Seite deines Seins herauszukehren und versiehst damit die Deinen mit dem Vorbild einer gottgesegneten Idee die Ordnung schafft, Gewissenhaftigkeit, Gottseligkeit und Liebe der Verklärten im Allhier.

1.18

Keine Mücken, keine Tücken sollen dir im Wege stehn zu Mir und Meinen geistesabenteuerlichen Szenen. Wie du *Mich* siehst bist auch du in deinem mediokren oder aberwürdigen Benehmen.

Am Ende des zuletzt vergangnen Lebens hättest du wohl nie bedacht, dass du wiederkommen wirst um Reinheit, Edelmut und Wohlverstand zu pflegen. Nun bist du wieder da und hast Gelegenheit dein Herrschertum wie deine Arroganz entschieden weiter abzubauen aus wohlweislichem Empfinden. Bedenke doch, dass du in jedem Leben akkurat die Art des nächsten vorbereitest durch dein Tun und Lassen, dein Wohlverhalten oder deine Schande am Prinzip, das Leben und die Welt gehörig zu verstehn. Was du an dir verbrichst wirst du bei jeder Neugeburt bereinigen und heilen müssen. Was du gut machst wird dir dann auf jeden Fall zugute kommen ohne dass du wissen wirst weshalb dir alles so geschmeidig und geschmackvoll von der Hand läuft im schnurrenden Behagen. Dir sollte klar und klarer werden, dass noch jede Inkarnation dich weiter bildet in den Sparten Wohlverstand, Grosszügigkeit, Gerechtigkeit und Liebenswürdigkeit im Dich-Vergeben. Das rundet und gesundet was du Bist und lässt es immer makelloser, seinsverständiger und zutiefst beglückter werden. Einmal wirst du so allmenschlich und wahrhaftig, liebevoll und edel sein, dass dich im Charakter nichts mehr von Mir unterscheidet. Du hast zurückgewonnen was dir so gefehlt, nämlich deine Unschuld an der Menschengöttlichkeit mit der Ich dich beim allerersten Anfang wohlvertrauend, traditionsgemäss und liebreich ausgestattet habe.

Das Fazit aller Mühe sind Erfüllung Meines Ideals vom Menschenwesen, ausgezeichnete Adaption der Eigenschaften göttlicher Brisanz und Güte Meiner Provenienz sowie das Lächeln der Glückseligkeit und Gottesminne, Seinsverliebtheit und beseelter Wonne des Elysiums auf deinen lichten Zügen.

1.19

Meinerseits ist nichts hinzuzufügen zu dem was dich ewig heiter und gelassen, geschwisterlich und liebenswürdig werden lässt am makellosen Menschenleben diesseits und jenseits der Schwelle zur blühenden Seinskultur. Alles ist gegeben und getan um die Gesegneten des Vaters würdig zu empfangen und nach der langen Wanderschaft gebührend aufzufrischen mit des Geistes Labsal und vergnügter à-la-carte Verköstigung. Ganze Schwärme kommen bei Mir an und kehren wieder heim in den geliebten Geist des Vaterhauses, der sie bestens hütet, tröstet und vor allem Himmelswärme und Glückseligkeit an sie vergibt.

Du könntest lang schon einer von den Ihren sein, wenn dich nur merklich mehr der Gwunder stechen würde nach der Ewigkeiten reinem Licht und all so treuem Schoss. Sowie dein Häuptlein sich mit Vehemenz und gutem Willen dem Unendlichen entgegenreckt wird ihm die Gewissheit von den

Dingen der Allherrlichkeit freimütig von Mir zum Geschenk gegeben. Meine Denkkraft strengt die Deine unvermittelt an um ihr die Einsicht ins Erhabene der Himmelssphären liebevoll und traulich darzulegen.

Willst du den Schlüsselbund zu Meinem Königreich in hochbeglückten Händen halten, musst du nur unsägliches Verlangen nach Gerechtigkeit, Gutmütigkeit und Grazie der höheren Welten in dir tragen und schon blühen sie gebührend vor dir auf im vollen Glanze ihres Seinsvermögens. Du befindest dich in selig gleitender Genügsamkeit inmitten der bewundernswerten Geistessphären.

So kommt es nicht von ungefähr, dass du ob all dem Neugeschauten und zutiefst Verbindlichen in einen Zustand der Verzückung an dir selbst gerätst, der dich das olympische der Götterruhe fühlen lässt die von Mir ausströmt und gerade dich betrifft bevorzugt und mit blühenden Holdseligkeiten überschüttet von des guten Gottes Eigenart und Segen.

1.20

Es ist die Kunst zu Sein die dich befähigt lautlos, masslos, würdig und gelassen über allem Irdischen zu stehn und es trotzdem nicht im selben Eifer zu verlassen mit dem so viele zu den Himmelssternen streben. Weltferne kannst du dir nicht leisten in einer Zeit wo sich das Leben so subtil und anspruchsvoll gestaltet; zu sehr in die Geschäfte, weltlichen Kaprizen und Spitzfindigkeiten einzutauchen sei dir ebenso verpönt im makellosen Rundlauf den Ich dir im Sinn der Ausgewogenheit der Lebenskräfte sonderlich empfehle. Jederzeit das rechte Mass zu finden kann dir jedoch nur gelingen, wenn dein Sinn vollends in Meinem gottgefälligen und abgeklärten ruht. Allein in dieser so manierlichen Allüre kannst du sicher sein, dem evolutionenlangen Anspruch an dich zu genügen, der schlussendlich zur Befreiung und zugleich zur innigen Verbundenheit mit Mir und Meinen überragenden Errungenschaften führt. In dieser Hinsicht gibt es für dich noch ein weitgedehntes Brachland zu beackern und mit liebevoller Aufgeschlossenheit zu pflegen bis die Saat gehörig aufgeht in der Geistessonne lichtgesättigtem und würdevollen Sich-Verstrahlen.

Bist du so so kannst du wahrlich von dir sagen: Mir gehört die Welt, denn diese ist der Gottesweisheit, Geisterfülltheit und Geschicktheit untertan, die Ich aufs Allerbeste für Mich pflege. Scheint auch das Leben noch so tückisch mit Mir umzugehn, immer finde Ich den rechten Dreh und Ausgang der Mir neue Weiten und Erhabenheiten zugesteht im Sanskrit Meiner Seinsgepflogenheiten und verehrenswerten Ideale. Ich Bin Mir selbst ein unerschütterlicher Held, Hidalgo und Cavalier der guten Sitten und Geschehnisse geworden, dem man feingefühlt und voll vertrauen kann in allen Äusserungen und bewundernswerten Kapriolen. Sie vermitteln eine Lebensart von nie versiegender Kaprize, Überlegenheit und standardmässigem Erfolg in allen Sparten die Ich Mir zur Einsicht und Begehung auserwählt.

Du magst Mich Tausendsassa, Schläuling und Hansdampf in allen Gassen nennen, immer Bin und bleibe Ich der Träger einer Seinskultur von allerhöchstem Rang und Namen dem man seine glänzenden Erfolge gönnen muss in Sachen Zukunftsgläubigkeit sowie Vertrautheit mit dem Ewigen. Sie verschafft dir steten Herzensfrieden wie Glückseligkeit à discretion in der Verliebtheit und Versponnenheit in alles was da ist und unbekümmert seine gottgewollten Meisterkreise zieht.

Melodien hör Ich rauschen

2.1

Melodien hör Ich rauschen von unübertroffen liebevollem Klang und Rang und Namen. Sie klingen Mir so süss und rein und richtungweisend ins weitoffene Gehör, dass Ich ihnen wie verzaubert lausche in der Auserlesenheit des Mich-im-Sein-Erlebens.

Hast du jemals etwas oder jemanden verpfiffen? Mich verpfeift man nie, derweil es niemand gibt an den man Mich verraten könnte. Nur ein einzig Mal ist es dennoch geschehn. Die Folgen jedoch hatte Ich vorausgesehn für Mich wie den der Mich verriet. Nun aber lass Ich dich in allem Ernste fragen: Willst du dasselbe Widerwärtige und Schreckliche auch versuchen? Natürlich nicht, weil dir der kapitale Satz bekannt ist: Was Ihr dem Geringsten Meiner Brüder tatet habt ihr Mir getan.

Täglich wird die Menschengottheit tausendfach verraten in der Gier nach Geltung, Macht und Kapital. Willst du wirklich einer sein von diesen? Ich schenke dir Mein Herzblut; willst du Mir deines auch verschenken? Ja, sprech Ich dir leise vor in deines warmen Herzens Tabernakulum und warte, tief auf dich vertrauend, auf das Echo, auf die menschenwerte Tat.

2.2

Wer sind deine Brüder, Schwestern, wenn nicht alle die alltäglich trotzig oder liebenswürdig vor dir in der Welt erscheinen. Kannst du sie im Herzensgrund gehörig akzeptieren oder meidest du das was sie von dir wollen nämlich: Liebe, Licht und Lauterkeit in verschwenderischen Massen? Eine weltenweite Unwucht muss daraus erstehn, dass auch nur einer seinen Compagnon und Seinsgefährten unterschätzt und sich über ihn erhebt. Als nächstes wird er ihn galant betrügen mit einer Selbstverständlichkeit die ihresgleichen sucht.

Auf diese Weise zwingst du Mich dazu Mich in der Menschheit selbst zu korrumpieren und Spannungen zu generieren die dem Ganzen unermesslich wehe tun. Nur die absolute Redlichkeit und Ehrfurcht jedem gegenüber mag die Weltenharmonie wie das Gedeihen aller liebevoll bewirken.

Wann endlich fängst du damit an, dir eine Welt der Einsicht und der Nächstenliebe zu erschaffen? Diese wundervolle Tat ist jedem sogleich möglich und sie wird bestimmt die allerfeinsten Früchte tragen.

Nur wenn der Überlegen-Scheinende sein Manko einsieht ob der Gotteswürde die sein Gegenüber unbedingt belebt, wird Mein Gesetz der Einheit aller Wesen regelrecht zum Zuge kommen. Die Friedefertigkeit wird herrschen über alle Lande hin und die gezähmten Menschenwesen werden durch die Welt spazieren wie durch einen Liebesgarten.

2.3

Wer kann sich rühmen wahrhaft gut zu sein, solang er nicht im Menschenwesen göttliche Substanz erkennt und danach handelt in gezieltem Handverlesen? Gerade wegen Meiner ausgesprochnen Güte Bin Ich denen wohlbekannt die vollends auf Mich zählen und sich von Mir in heiklen Fällen gern belehren lassen. Für diese Bin Ich die Erhabenheit und Weisheit, Wirklichkeit und Fakultät auf die die Menschen sich im Zeitenlos aufs Innigste verlassen können.

Die Meine immanente Hilfe nie erfahren haben sind gehalten gläubig und vertrauend in der Welt zu stehn und ihren Sinn nach Meinem auszurichten. Sie werden mählich in Mein Gegenwärtigsein erwachen und voll Rührung und Gewissheit von dem überzeugt sein was Ich für sie Bin im längelangen Leben.

Ich selber Bin Mir kein Problem, weil Mir des Ursprungs Qualität und unermessliche Ressource ständig zur Verfügung stehn. Das Phänomen des Menschlichen besteht darin, dass es erschaffen ist und sich die Illusion zu sein gefallen lassen muss, derweil nur Ich in Wahrheit in ihm Bin und bin die wirkliche Essenz des Existierens.

Hängst du nicht an Mir in deines Geistes Klang und Überlegen, musst du innerlich verdorren und wirst, mit dir allein gelassen, ständig in die Irre gehn. Mein Wort ist klar bestimmt und redlich und ihm folgen eine wahre Lust, weil es zur Herzensfreude führt, zur Nächstenliebe und zum unendlichen Erfolg im Sein an sich weit über, unter, rechts und links und hinter allen Toren.

2.4

Sachte aber sicher gehst du stets voran in Meiner Hemisphäre der Beglückung und Holdseligkeit am Geistesleben. Du kannst das Gute wollen und schon springt es dich, von Mir gesendet, förmlich an und fordert von dir Generosität und Wärme jenen gegenüber die du mit Werten zu beglücken hast aus deiner eigenen Schatulle, die aufzuschliessen dir bedenklich schwer fällt selbst in deinen besten Tagen.

Ständig geht es für dich darum sozial zu sein und jede Hemmnis dazu elegant zu überwinden. Alles was du freien Sinns vergibst muss dir einstens nicht genommen werden.

Das Gutsein ist der Wille deiner selbst zum Geben, verbunden mit der Herzensgüte die die Schönheit höherer Welten offenlegt. Sie ist das Können im Verwirklichen der Pläne die ein vifer Menschengeist sich frei heraus erschuf.

Kannst du ermessen wie viel Herzensfreude und Begeisterung die Welt erfährt durch jene die aus innerer Berufung Edles leisten und damit sich selbst den grössten Dienst erweisen.

Allen diesen buchstabiere Ich die Worte ins Gewissen: *Sei* in Meinem Sinne tätig, wissend um die Weisheit eines Geisteshimmels über dir, von welchem das Besondere in Fülle und Erbarmen zu dir niederströmt. Das adelt dich wie jene denen du Grossmütigkeit und Liebe angedeihen lässest aus des Herzens wohlgefülltem Gral.

2.5

Moderat sein ist die Kunst des Austarierens deiner Wünsche nach dem Mehr und Minder, die dich mild und wild umgeben. Ständig ist es dir vonnöten, das exakte Equilibrium zu finden zwischen dem Zuviel und dem Zuwenig in des lieben langen Lebens Ernst und Würde, Spott und Spiel.

Ich erlaube dir nur so viel wie dir gut tut, Mein gewissenhafter Bürge und Banause deiner Taten. Es erfordert deinen ganzen Mut und deine Unverfrorenheit um mit allem was du treibst und trippelst Mir allein gerecht zu werden in des Lebens heiligmachender und süffisanter Prozedur.

Nie genug mag Ich es freudevoll Goutieren, wenn du dich an Dinge wagst, die deine Eigenkräfte gründlich übersteigen, so dass es nötig wird die Meinen kraftvoll einzusetzen um dem Lauf der Dinge einen fabelhaften Ausgang zu bescheren. Du wirst Mich bald als Meister wohlgelungner Präsentationen kennenlernen die Ich nicht müde werde voll Elan und Seinsbegeisterung vors Volk zu tragen. Kaum ist Mir ein Projekt im Kleinformat gelungen schwebt Mir schon ein Grandioses vor, das es exakt und billig, standfest und begeisternd auszuführen gilt und erfordere es Millionen.

2.6

Brachland zu bebauen geh Ich äonenmächtig aus und kehre reich beschenkt mit prallen Geistesfrüchten wieder. Was dir immer einfällt kannst du zum bewundernswerten Anlass nehmen für ein Stelldichein auf höchstem Niveau, nämlich zwischen dir und Mir im seeleninnigen Gebete. Da geschieht ein seinsubtiler Austausch von Gefühlen und bedeutungsvollen Überlegungen in Sachen Leben, Sein und Sinn die vor allem Mich betreffen und nur ganz am Rande deine Wenigkeit im Mass des Anteils den Ich zwischen dir und Mir geschaffen habe. Trotzdem sollst du wachen Sinnes einen Dialog beginnen, der dich stufenweis hinan zu Meinen Werten, Wirkungen und Begünstigungen führt.

Was trägst du da für eine Schramme im Gesicht mit dir herum? Du würdest besser tun statt in der Welt herumzuraufen dich mit Botengängen hin und her und auf und ab zu Mir und Meiner Weisheit zu beschäftigen. Lernend und begreifend kommst du Meinem Standard, Status und begehrenswerten Equilibrium im Brauchtum Meiner Kräfte nah und darfst dich selber in der Aufgeschlossenheit und Ausgewogenheit von Meinem Guss und Gusto wiegen. Das macht dich dann zuinnerst frei und fein und figalant und lässt vor deinem warm gewordenen Empfinden Freudenröslein tanzen.

An Mich gelehnt brauchst du dich nicht mehr um das Allernötigste zu kümmern das deinem Leben Würde, Wohlfahrt und Bekömmlichkeit verleiht. Ich schenke dir die Mittel die dich fähig machen anstandslos durch alle Fährnisse hindurchzuschlüpfen und um deine Prüfungen solvent und tapfer, strategisch ausgebaut und ausgezeichnet zu bestehn.

2.7

Was streitest du dich so herum, wenn doch die Einsicht, dass du Bist genügt um dir absolute Seinsbeständigkeit, Erhabenheit und Menschenwürde zu verschaffen. Du tändelst, döselst, drögelst, lögelst und pöbelst nimmer vor dich hin, weil dich der Geist der Zuversicht und Stärke friedevoll beseelt, um dich galant an Meinen Fürstenhof zu führen. So vieles was dir fehlt Bin Ich bereit dir ohne weiteres dahinzugeben; wenn du nur den kleinen Finger einer Bitte voll Vertrauen danach ausstreckst überschütte Ich dich mit der Sanftmut Meiner Liebesgaben. Die darfst du ungeniert zu deinen Gütern zählen, denn von allem was du hast besitze Ich unendlich mehr.

Worauf du dich verlassen kannst sind alle Gaben Meiner Huld und Grösse die Ich dir mit grösster Selbstverständlichkeit als Basis für dein Reüssieren in der Welt zugute halte. Das verbindet uns von allem Anfang an zutiefst und ist die wunderbare Losung für dein Weiterkommen überall und explizit im Reich der geistigen Bezüge das Ich dir freimütig und entschieden offenhalte.

Mir fällt es überhaupt nicht schwer gerade so zu sein wie Ich seit jeher Bin und ohne lange über Meine Gegenwart, Aufrichtigkeit und weiss was alles noch zu spekulieren. Ich Bin das Sein und damit hat es sich in aller Form und regelrecht für alle Zeiten. Für dich wird es das Glück der Stunde sein, wenn du erkennst, dass alles was Ich hier besage bis aufs Tüpfchen auch gerade dich betrifft und alle deine superseriösen oder trügerischen Aktionen. Macht ein Gott dir etwas vor, so ist es sicherlich das Beste, dich in seine überragende Gesellschaft zu begeben und ihn von Kopf bis Fuss gebührend nachzuahmen. Das zeitigt dann perpetuellen und berührenden Erfolg auf allen Ebenen, Relationen und Befindlichkeiten deines Handelns an der Welt und an dir selbst in grandios geschliffenen Dimensionen. Deine Züge werden straffer, liebenswürdiger und von der Weisheit des Allhöchsten übergossen. Dein Antlitz leuchtet wie die pure Sonne über allen, die um deine Mitte stehn, derweil es Meines ist in den bewegendsten und höchst grazilen Meistergraden.

2.8

Raritäten sind nicht wohlfeil in der Welt zu haben und noch viel weniger im Reich der guten Geister deren Herr Ich Bin und Meister in der Tugend der Veränderungen, sowie des unerschütterlichen Seinsbehagens. Willst du in ihr glänzen wie ein lichtdurchschossenes Juwel ist Lupenreinheit angesagt und der Verzicht auf Schnörkel die das Ganze unvollkommen und gesucht erscheinen lassen. So wie Ich Mich in dein Seelensein gegossen habe ist es von einer Makellosigkeit und Reinheit ohnegleichen die ihm hellen Sternenglanz sowie den Mythos der Holdseligkeit verleihen. Wie steht das heut mit dir? Es ist genau dasselbe götterlichte Medium geblieben, doch stellt sichs dem geübten Auge wie von Unrat überbacken dar und der muss weggeschafft und ausgerottet werden. Frägst du Mich so reich Ich dir die Hand und verhelfe dir zu trefflichen Begründungen für Wesenhaftes und Subtiles, Trauliches und Götterherrliches in dir. Das heiss Ich Auferstehen als aus dem Grabe der Verstrickungen, Sehnsüchte und gravierenden Illusionen die wie Unkraut in dir wuchern und die reizend hingesetzten Tugendblümchen überdecken so als wären sie nicht mehr.

Was ist Bildung anderes als den Verbildeten den Marsch befehlen und sie wohin auch immer schicken worauf du wie der Cherub dastehst vor den Geistesblitzen die Ich zu dir blinke liebevoll und solitär. Was du wirklich Bist ist dir für jeden Kenner frei und firm auf das Gesicht geschrieben und lädt die Gleichgesinnten dazu ein sich mit dir in aller Form und Freude, Liebenswürdigkeit und Seinsvertrautheit abzugeben. Das hebt dich dann hinauf in Meine lichtdurchfluteten Gefilde in denen absolute Wahrheit, Redlichkeit, Natürlichkeit und Sitte sich ein sagenhaftes Stelldichein bereiten. In diesen Zustand des allherrlichen Genügens zieh Ich dich mit Himmelsmacht hinan und teile mit dir was Ich Mir schon längst errungen und aufs Beste zugeeignet habe. Wozu auch du berufen bist ist weiter nichts als tief bewusst zu sein in dem der *ist* als in der Glorie und Lichtheit, Seligkeit und namenlosen Würde seines Götterwesens.

2.9

Moderat zu sein ist eine Tugend die Ich ganz besonders propagiere für die zappeligen Menschenbrüder deren Sinn nur auf allweltlichen Erfolg, Vergnügen und Belustigungen steht. Was ist Erhabenheit, wenn nicht die Gabe des Verzichts auf viele Güter die dir unbedingt erstrebenswert erscheinen. Schöngefärbt und schick stehn sie vor deinem Näschen in lang- und breitgezogenen Regalen vielversprechend da um spielerisch ergriffen und im Warenkorb versorgt zu werden. Wie viele Doppelgänger und frivole Entitäten werden nicht erworben um die schiere Kauflust zu befrieden und der Allherrlichkeit des wackeren Konsums traumwandlerisch zu frönen. Zu gut ist alles vor dich hin drapiert als dass du seinen Reizen nicht erliegen müsstest unfehlbar.

Der Verliebtheit in die Sachen soll die Liebe zu den Myriaden folgen die sie schufen schön hinaufgezwitschert von der letzten Hand und Handlung bis zur allerersten die Ich Bin im Schöpfertum das Ich Mir selbst aufs Köstlichste verliehen habe. Der Blick aufs Ganze bringt Bestände und Beziehungen, Bevormundungen wie Beglückungen zu Tage die von einer immanenten Grösse zeugen der sich niemand – ausser Mir – entziehen kann, es sei denn, dir würde es mit Meiner Hilfe auch gelingen. Ich meine, dass du dir zum Erdenparadiesischen das Himmlische dazugesellst mit dem enormen Vorteil der dezenten Unvergänglichkeit und Unverbrauchtheit bis zu den sich im Unendlichen verlierenden Gezeiten. Das kann nur im Geistraum wirklich werden über den Ich ganz allein mit sagenhaftem Mut und Willen, wohlgesetzter Schöpferkraft und Fantasie verfüge. Deshalb Bin Ich dich, und hab Ich dich am Wickel hast du Mich genausogut daran.

2.10

Konsequent und burschikos, überragend und ins Geistige vertieft sollst du Mir werden im Gedeihen an dir selbst wie an der Welt in der du dich nach Meinem Willen etabliert und festgefahren hast in Eigenwilligkeit und Selbstgenügen. Ein Lernprozess beginnt und zieht sich lebelang durch deine Seinsannalen. Du lässt dich ein auf weiss was für Erfordernisse wie auf sehr banale Machenschaften die dir Zeit und Energie en masse verschwenden. Das ist dann der Moment wo Ich die Schicksalszügel straffe und dein Lebensbild und Movimento unverhofft verändere, seriöseren Beschäftigungen und Neuwerten zu. Du magst vieles als katastrophal und kneblerisch, tückisch und bedauerlich empfinden, dennoch kommt es Meinem Sinn von Welt und Leben zielgerecht entgegen.

Immer gilt es für dich auf dem rechten Weg einherzugehn, der allerdings allein von Mir gewusst ist und der sich über dürre Steppen zieht, durch enge Schluchten zwängt und manche Mühsal bringt im Lauf der folgenreichen Tage. Genau zu diesem Seinsszenario bist du jedoch von Mir berufen um dich fit zu halten und um deine Kenntnisse in noch so vielen ausgezeichneten Bereichen aufs Entschiedenste und Nützlichste, Bewundernswerteste und Allerbeste zu vermehren. Macht dich auch vieles stutzig kannst du Mir doch zutiefst vertrauen in Bezug auf die enorme Kraft und Billigkeit, Vertretbarkeit und Weisheit die Ich in Mein Tun und Lassen, wie in das deines, unermüdlich lege.

Sind auch manche Meiner Forderungen spröde und verlangen von dir aberviel, so sind sie doch als ausgezeichnet für dein Weiterkommen, deine Zukunft und dein Renommee zu werten. Das heiss Ich ordnende Gewähr im Chaos der Gezeiten, Übersicht im Land der Blindgewordenen und Trautheit mit den Vielgeprüften denen manches kurios erscheint, derweil es geniales Lenken ist von Meiner Seite einem zauberhaften Glück entgegen.

2.11

Mangelnde Kenntnisse werden unverzüglich von Mir ausgemerzt durch kräftige Ernährung was dein Seelensein betrifft. So sehr Ich deinen Eigenwillen schätze muss er doch dem Weltenwillen angepasst und ihm schicklich angegliedert werden. Ein kapitales Werk kann nur florieren, wenn alle ihm Geweihten an denselben Stricke ziehn. Alles muss im straff geführten Universenchor zusammenstimmen dem Ich Meine beste Kraft wie Meine Flügel leihe um Resonanz und Wohlgewissen, eminente Wirkung und bewundernswerte Homogenität in ihm zu intergrieren.

Alles was Ich unternehme muss auf derselben schnurgeraden Linie liegen, die sich locker und verbindlich bis ins Unermessliche erzieht. Mache du dir diese Fahrt ins Ungewisse und Erhabene zu eigen und lasse sie, von Meiner genialen Führung inspiriert, zu einer Fahrt ins Glück der Sterne und ins Equilibrium der himmelstrebenden Gefühle werden.

2.12

Niemand versuche sich darüber zu beschweren er sei nicht weidlich auf die ewigen Dinge hingewiesen worden die brillant, vielsagend und verschwenderisch in Meiner Kompetenz und Meinem Ressort liegen. Hier geht es um Bequemlichkeit, Verständnislosigkeit und Besserwisserei, die einen Menschen daran hindern aufgeklärt zu sein in seines Lebens vielbewandertem Vagantenspiel. Deinem Zustand jedoch kann Ich auf den Kopf besagen, dass er vieles von Mir weiss was andere nicht wissen und was ihn zur bedeutungsvollen Tat bewegt.

2.13

Wesensgleich und unverdrossen wallen alle Wachgewordnen durch die Zeit und beschweren sich dem Leben gegenüber nimmermehr. Sie sind sich selber zum Idol der Stärke und Verbindlichkeit mit dem der *ist* geworden und vollbringen täglich die Gesetzlichkeiten und Erfordernisse ihrer Wahl.

Mit diesem Entrée spreche Ich dich an um dein ästhetisches Gewissen etwas näher und geschmeidiger an Mich heranzuführen. Hast du dereinst begriffen, worum es eigentlich im Leben geht, kannst du dich ungeniert zu den Erleuchteten und Seinserhabnen zählen.

Viel Verstand ist nicht vonnöten um Mich in Meiner Eigenschaft als Meistersinger und Prophet der Weisheit, Sittenprediger und Schöpfungsträger zu begreifen. Zu viele handgeschriebene Indizien weisen auf ein Können hin von überragender Beweglichkeit und Homogenität, die Mir als sakrosanktes Universensein seit eh und je zu eigen.

Mit Fahrenheit und Celsius lässt sich die Herzensinbrunst nicht ermessen mit der Ich seit Äonen schon am Werken bin um Mich durch die Beseelung des Unwirklichen ins wirklich Scheinende zu stossen. Was das heisst kannst du nur intuitiv mit kindlichem Gemüt erfassen und dich dabei in einer Prozedur von Weltformat begreifen, die ihresgleichen sucht seit Generationen. An dir ist es die tanzenden Begriffe in Bestimmtheit und Verbindlichkeit, in Gotteswürde und Direktheit aufzulösen. Dabei kannst du dir ruhig sagen: Was kann schöner sein als sich mit einer Gottheit eins zu fühlen und in ihr ein Dasein von Erhabenheit und majestätischer Gesinnung zu vollbringen. Ihm folgt die Remedur ins Freisein wie ins volle Seinsbewusstsein auf dem Fusse und beseligt was du dir geworden bist in höchster Signatur.

2.14

Du bist dem Irdischen verpflichtet masslos und gediegen wie sich eben Söhne und holdselige des Allerhöchsten ihm verpflichtet fühlen sollen. Keine Gegensätze sollst du finden zwischen dem was hier und dem was droben ist, im Geistessinne. Ich selber kenne keinen, denn das Gedankenschaffen spielt und spult sich alleweil im Unsichtbaren ab, dem du noch viel zuwenig Achtung und Beachtung schenkst in deiner Sucht nach Bodenständigkeit, Bewegtheit und Manipulation. Was Ich Mir Bin ist Sein vom reinen Sein auf allen Ebenen des Wirkens und der Wirklichkeit von Gottes Gnaden und Berichtigungen. Ich Bin vom Wind der Wahrheit und Wahrhaftigkeit in jeden Winkel jeder Welt, die *ist*, getragen. Mach dich auf, Geliebter und Geliebte,

Mich in deinem Resümee und Richtplan, Rätseln und Rabauz zu eruieren nach dem Motto: Keine Seele ist zu klein um Meine, grandiose, in sich aufzunehmen.

Mir ist es sonnenklar, was dir so fehlt, derweil Mir nichts ermangelt und in Meinen Scheunen pralle Sommerfrüchte liegen. Was ist nun besser, dich in deiner Wenigkeit oder Mich in Meiner Fülle neben dir zu haben? Meine Liebe gilt dem All der Schöpfungsglieder die Ich Mir geschaffen und in die Ich Mich gegossen habe. Dass du dies erkennen mögest ist Mein Wünschen und Mein Weh, sowie der Gegenstand der grössten Hoffnung die Ich hege. Was zu dir kommt Bin Ich ständig ohne dass du dich bewegst, was du Mir entgegentragen solltest ist dein Ichs Empfinden als ein Solitär von unschätzbarem Wert und hochbedeutendem Begaben.

Du bist Mein und Ich Bin dein in wunderbar gesegneter Synthese, von der die Wüstenväter sangen und die Verklärten prangen in der Seligkeit des himmlischen Gewissens das vor ihnen offenliegt und dem sie sich voll Lust und Überschwang, Manierlichkeit und Grazie zutiefst ergeben haben.

2.15

Trachtest du nach Glück und Meisterschaft im Dienen kannst du alles in Ergebenheit und Fülle von Mir haben. Ich spende und verwende hunderttausend Sächelchen die dir tag und nächtig zur Verfügung stehn um deiner Pläne Willkür prächtig zu erfüllen. Du lenkst und liebst, derweil Ich spende. Ich lenke dich und liebe dich derweil du deiner Grossmut Züge spielen lässest wohlgefällig um dich her. So verflechten sich die Dinge Meiner Zunft und Zünftigkeit gehörig mit den Deinen zum bewundernswerten Touch der Weisheit den die Gottes-welten intus haben.

Glaube nicht es würde anders gehen und du könntest deine Welt mit Eigensinnigkeit beleben. Sie zerfällt, sofern sie Meinen Anteil nicht enthält, und du musst sie recht bedauerlich zu Grabe tragen.

Wo du hingegen deine Fingerchen in Meinem Geiste rührst gelingt dir alles wie in goldnen Lettern ausgeführt und wie das frohe Flattern einer Fahne in der Majestät des himmlischen Azurs.

Das Zeitenlose, das Ich Bin, fügt das Vergangne wie das Künftige ins Jetzt zusammen einer Schau von gotteswürdigem Bedeuten wie von überragen-der Erbaulichkeit im lichten Schoss der Geistes-sphären. Es kommt und geht, es flackert auf – verlöscht, es meldet sich um alsbald wieder locker ins Unendliche zu stossen. Siehst du es anders gehst du fehl, hältst du es fest, zerbröselt es dir sachte in den Händen.

Eine Feier erster Güte soll dir alles sein was an deinem Augen-Blick behend vorüberzieht. Die Lebensfreude steht dir trefflich ins Gesicht ge-schrieben, wenn du die laufenden Geschäfte laufen lässest so wie Ich es will und wie sie sich durch Mich gestalten wollen. Das Bodenständigste ist ebenso das Überirdischste soweit *Ich* es im Fluss und unter Meinem Einfluss halte. Was du negierst bejahe Ich, was du als echt in deinem Sinne pflegst und hätschelst muss Ich rigoros verneinen.

Dein Wort gelangt dir dann zum Ruhme, wenn es ausspricht was *Ich* dir zu sagen habe; deine Ausfuhr muss zuerst von Meinem In-dich-Eingefahrensein gesegnet und vergütet werden. Nun komm und tue so wie Ich dirs aufgetragen, damit die Rosen blühn an deinem Wege und die Himmelsfreude herrscht in deinen wunderbar gestaffelten, geweiteten, geweihten und mit Geisteslicht erfüllten Lebensräumen.

2.16

Dein Kapital sei Meinem zu vergleichen in der Fülle Meiner Geistesgenialität von Himmels Gnaden. Meine Weltgewandtheit und Gerissenheit, Rarität und Echtheit sind das Markenzeichen für des Seins Begriff und Überragen.

Hast du begriffen was es heisst, einer Gottheit Züge und Gewieftheit aufzuweisen, ist es dir ein Leichtes auch die Tiefen deines Eigenseins als ihr Geschöpf vollkommen zu erschliessen. Du wirst in dir von ihr des Seins Vollendung und Rendite, Redute und Bewusstheit finden, die einzigartig sind in einer Welt der offensichtlichen Illusionen. Da gilt es für dich dieses Kleinod der Erkenntnis zu bewahren und nach striktem Ritus auszubauen bis zur Fülle aller Herrlichkeiten die in deinem Wesen silberhell und gütestrahlend weilen.

Was Mich betrifft ergänzen sich die weltlichen Affären Meiner Gunst und Offenbarung mit den Dingen der Unendlichkeit zu einer Einheit von umfassendem Entzücken und Bewähren.

Ich hatte nie und nimmer etwas zu verbergen und lasse heute noch Mein Wissen aus des Allumfangens Majestät bewusst und wohldotiert in die bewundernswerte Menschheit strömen. In ihrem Wesensgrunde ist und war sie immer gut und was sie Übles an sich hat ist stets Verblendung und Verirrung durch die von Mir abgefallnen Geister die damit ins Unheil und Unheilige geraten sind. Sie bilden den Kontrast zum Ausgezeichneten das von Mir ausgeht und sich wieder in Mir findet, das wie ein Ungewitter durch die Lebenswelten fährt um sie zu prüfen auf Beständigkeit, auf Gottesliebe und Vertrauen. Die Bewährten dürfen vor Mein lichterfülltes Antlitz treten um den Segen zu empfangen der ihnen unbedingt gebührt und der die Tränen schwinden lässt ob der beseligenden Freude die sie dann empfinden. Sie lassen hinter sich was einst gewesen und erschauen eine Zukunft reinen Glücks in Unbescholtenheit, Getragenheit und Harmonie. In ihren Augen glänzt die Gottesliebe himmelan und ihr Bewusstsein reicht von Stern zu Sternen in Erhabenheit und Heiterkeit, in Seelenseligkeit und Wohlgefallen.

2.17

Ich will, dass du dich dann mit dem vereinigst der Ich Bin und der die Schätze ausgräbt die im Feld der vollen Ären für dich stehn. Wohlgenährt und glücklich sollst du durch die Stätten, die Ich dir bereitet habe, zirkulieren. Es beleben dich die Geister der Vergangenheit und flüstern dir die Zukunft zu in der du dich verwandeln sollst zum Sieger über alle Widerwärtigkeiten, Hemmnisse und Strategien, die dir noch so firm und fürchtig gegenüber stehn.

Endlich gibt es eine Habe die dir hilft das Dasein zu bemeistern und in ihm die höchsten Ziele zu erreichen. Was du immer anstrebst ist in Mir bereits gegeben und befähigt dich das Beste das es gibt, den Geist der Wahrheit, Liebenswürdigkeit und Treue wunderbarerweis aus dir herauszuholen. Nicht prüde sollst du sein im Wirken, das um Meiner Ehre Willen pausenlos geschieht, denn um zu reüssieren braucht es das Robuste, Tatenträchtige und unerhöht Geschmeidige in deinen Gliedern. Dann aber stehst du lächelnd da vor einer Welt des Haders und bezeugst ihr, dass es anders, besser geht, wenn nur der Wille will und wenn die Wachheit auf der Hut ist keine Werte zu verlieren sondern immer neue zu gewinnen im brillant geschliffenen Betrieb.

Sowie du von Mir weggehst wirst du dich an alles das erinnern was Ich dir gesagt und zur Erfüllung aufgegeben habe. Du wirst ein Meister sein im endlichen Vollenden Meiner Pläne als die deinen und darfst dich rühmen als Erhabener und Freier, Seinsbewusster und Beglückter aus der Schule der Erkenntnis dessen, was du Bist hervorzugehn.

2.18

Ringst du dich durch, so kann Ich dir das Siegel deiner innigsten Wahrhaftigkeit am Sein und Sinnen, Reüssieren, Triumphieren und Erhabensein verleihen. Nichts ist mehr wie früher, wenn du weisst wie sehr Ich dir verbunden bin in jeder Weise deines Existierens. Wie kannst du da noch Ängste vor der Zukunft hegen versehen mit der Einsicht, dass du Bist das Wesen der Unendlichkeit im Zeitenlosen. Was du im weltlichen Getriebe darstellst als Geschöpf unterliegt der Eigenschaft, dass es von sich aus keine Wirklichkeit besitzt und damit vor sich selbst einhergeht wie ein Schemen. Sein Verstand stösst rasch an Grenzen die ihm schlichtweg unbezwingbar scheinen. Deswegen baut sich der profane Mensch ein Weltbild auf von allerlei Schikanen die ihren Ausdruck illusorisch in Vergäng-ichkeit und Tod, Bedrängnis und Verhängnis finden. Was ist in dieser Situation zu tun? Besinnung und Vertiefung, Meditation und Gottvertrauen lassen dich allmählich deines wahren Wesens Manifest und Qualität, Unsterblichkeit und Sinnkraft finden. Du gewahrst, wie deines Seinsbewusstseins Züge in das All geschrieben sind. Es offenbaren sich dir viele Novitäten die dir Sicherheit in Sachen Weltgewandtheit, Überlegtheit, Hochgemutheit, Lebenswonne und Glückseligkeit verleihen.

2.19

Der Korridor durch den du zu Mir kommst ist schmal, gefährlich und nur den Allerwägsten zu empfehlen. Bevor du ihn betrittst hast du geziemend Farbe zu bekennen Mir zugunsten und damit der Welt zum Heil und zur Verbrüderung. Es ist ein Weg der Disziplin, der Redlichkeit, der Rücksichtnahme und des abgrundtiefen Seinsvertrauens der zur Einsicht in das Weltenwesen führt das Ich hier Bin und das die laufenden Geschäfte führt mit der Geschmeidigkeit des Wiesels wie der Würde der Propheten die beileibe immer wissen was sie tun.

An dir ist es dich Meinem Sein und Sinnen immer adäquater zu verhalten, damit die Weisheitssprüche der Sibyllen in Erfüllung gehn. Ihr Rat soll nicht umsonst gewesen sein, derweil es sich für dich geziemt selbst seinem fernsten Nachhall noch getreu und punktgenau zu folgen. An dir ist es, die wunderbar gesitteten Zusammenhänge zu entdecken die dich Mir und Meinem Hof unmittelbar aufs Innigste vermählen. Du hast vom Schneidersitze aufzustehn um dich behend in Meine Richtung, Rosenstadt und Seinsgefälligkeit des Absoluten zu bewegen. Erst das Movimento jeder Gattung und Gesittung die Mir zustrebt macht das All der Welten wahrhaft schön und spendet ihnen Friedefertigkeit, Verträglichkeit und seelenvolle Harmonie.

Schlussendlich sind selbst die gewaltigsten Erschütterungen dazu da die Kräfte wahrer Herzensgüte aufzuwecken damit sie sich voll Nützlichkeit und Energie ins Allgemeine strömen. Das aber Bin Ich voll bewusst und angereichert mit der Heiterkeit der Sphären die vom Dienst am Weltgeschöpflichen und seinem Anhang was verstehn.

Sinn im Unsinn will Ich hier verteilen, Freude in der Hast und Frieden in den Herzen derer die mit allen ihren Taten und Verbindlichkeiten, Spekulationen, Resultaten und Glückseligkeiten Mir voll Ehrfurcht und Ergebenheit zu Diensten stehn.

2.20

Radikal und rüstig sollst du dich in Meine Richtung, Sichtung und Vollkommenheit bewegen um des Segens Willen der von Meinem Lichthof ausgeht zu den Myriaden Sternen die da *sind* und ihre Zauberkraft ins All verströmen. Wie nichtig muss Mir Menschliches erscheinen wie wichtig wird es Mir, wenn ich zuvörderst ihres Seinsbewusstseins Wert und Tunlichkeit beschreibe. In dieser Perspektive fügt es sich vollkommen gleichgewichtig ins Allgöttliche, worin es sich als Geist vom Geiste, Licht vom Liebeslicht und Wesen von des Himmels Grazie erkennt, versehen mit des Universums hocherhabnen Applikationen.

Es liegt Mir viel daran dir beizubringen, dass du dich mit Überlegungen von eines Gottes Grossmut, grandiosem Duktus sowie atemraubenden Genie beschäftigen solltest. Denn es liegt so viel von seinem überragenden Kalkül und Weitblick, Wohlbegründen und Salut in dir, dass du nur staunen kannst in deinem zimperlichen Schwadronieren.

Dein scintillierendes Gemüt soll sich an Meinem, Festlichkeit und Güte strahlenden, erbauen und soll aus Meinen Zügen liebevollen Wohlverstand und ewig heiteres Gelispel lesen. Im schweigenden Dich-an-dein-Göttersein erinnern hältst du dich auf Kurs nach Meinen Gütern und behältst die Würde eines unbescholtenen Idols von Meiner Redlichkeit und Sonnenstärke im Unendlichen das dir zugute kommt im Schwall und Drall und Jubel deiner Fürstentage.

Alles was Ich dir verheisse ist in Wahrheit licht und leicht und wunderschön, du brauchst es nur zu schätzen und tief vertrauend von Mir anzunehmen. Dann darfst du allsogleich allwie im Paradiese leben und dein Wesen in der Wohlgeborgenheit von Gottes Milieu vertun. Es schwellen dir die Glocken der Glückseligkeit ihr „glaube doch" entgegen und lassen dich in der Gebärde freudigen Empfangens ganz versinken vor dem der ewig ist und der Ich Bin in der Wucht und Weisheit, Einigkeit und Heiligkeit der Göttersphären.

2.21

Melancholie ist von der Tageskarte Meiner Provenienz gestrichen und vereinbart sich auf keinen Fall mit dem was Ich in aberstillem Brüten intendiere. Was mager war wird fett in Meinem Vollgenügen und was stagnierte mausert sich in stattlichem Bewegen zum begehrten Klang der Laute die des Lebens Freudentag begleiten. Mir kanns nicht schaden, für ein Weilchen ungeniert zu sein und Mich der süssen Musse zu ergeben. Wer leistet soll auch Ruhe kriegen und wer den Tag mit Schaffen ziert darf sich getrost ins Kabinett des Müssigseins verziehn.

In Mir hingegen spielt und legt sich, schweigt und strengt sich an, denkt und dudelt alles miteinander von der Stunde Null bis zum gestrichnen Doppeldutzend Tag für Tag. Das ist, weil Ich Mich myriadenfach verteile in die Charaktere Meiner Zeitstruktur. Was Ich im einen tu kann Ich im andern lassen und wo Ich feuerwerke kann Ich gleich daneben fröhlich Wasser giessen. So ist Mir alles in die Hand gegeben, weil es schon immer in des Universenseins Erhabenheit gebettet war.

Gebührend kontrollieren kannst du dich nur in der Gemeinschaft mit den Willenskräften die die Weltenbünde sturmgewaltig, majestätisch, unerbittlich und von Mir legalisiert durchbrausen. Gegen sie bist du ein Leichtfuss und Geschwänzel ohne Richt und Ziel. So musst du dich nicht wundern, wenn dein Dich-Versausen wenig Wirkung zeigt im Alltagsleben. Mit Mir verbündet jedoch kannst du Streiche von entschiedener Prägnanz und Klasse, Kuriosität und Mustergültigkeit vollziehn. Es braust der Wind, von deinem Willen angetrieben, es brausen Geistesstimmen durch den Äther dir zulieb und Meiner Grossmut untertan.

Sieh nun zu wofür du dich verwenden willst und an wen dich wenden um der Taten Willen der Allherrlichkeit in deinem sonnigen Revier. Alles was du Bist ist akkurat dem Weltenwillen unterzogen, allgemeinen und besondern Stils in gottgefälliger und unerhört beständiger Manier.

2.22

Mon Dieu was gibt es alles zu berichten, wenn der neue Tag, das neue Jahr beginnt zu tagen, glanzvoll, würdig, wunderschön? Auf wieviel schicksalsschwere Alchemie ist wieder einzutreten mit den Mannes- oder Frauenkräften die dir zur Verfügung stehn? Es ändert sich das Bild der Welt mit jeder Aktion die wie die Seifenblase platzt oder sich weit über Generationen fortträgt bis sie ausgelaufen ist in ihrem majestätischen Gehaben. Als hundertfach bewährt hat sich jedoch die Zähigkeit erwiesen mit der Ich, was Ich einst begonnen, bis zum guten Ende zu verfolgen und betreuen pflege. Sei es schlank und schlicht, bekömmlich und bezaubernd oder anspruchsvoll, phänomenal und schwer beladen, ständig wird es von Mir aufs Exakteste und Seriöseste betreut und unterhalten bis es als vollendet dasteht in der vollen Schönheit seiner Funktionen.

Kollegialität, Gewissenhaftigkeit und rasche Reaktionen sind vonnöten um während X X Stationen und Veränderungen stets am Ball zu bleiben bis das letzte Detail stimmt und sich Entzücken über das Gelungene allüberall verbreitet in den Völkerscharen. Alles was *Ich* unternehme kann schlussends nur gut gehn derweil anderweitiges im Zug der Ernte ausgerottet wird nach Noten. Gerechtigkeit wie eh und je wird herrschen über alle Lande, Kontinente und Transaktionen Meiner Konvenienz und Ebenmässigkeit im Handeln und auf Qualität bestehn. Das zeugt Bewusstheit von dem Einen das dahintersteht und welchem jedermann Vertrauen schenken kann der weiss wie seine Weltendinge wirklich liegen und wes Geistes Kind er ist im vollen Glück das Richtige getan und auf den Punkt der Weisheit des Unendlichen gebracht zu haben.

Fantasiegestützte Loyalität

3.1

Kreative sind von Mir besonders angetrieben und geschätzt in ihrem Drang solvente Schönheit und Gediegenheit zu schaffen bewusst und selig vor sich hin. Ich behüte was sie sind und für sich treiben wie des eignen Augenapfels Rarität und melde Mir ihr zu Mir-Kommen schleunigst an um ihnen in der Folge Meine volle Kraftentfaltung, Inspiration und fantasiegestützte Lojalität und Hilfe zu gewähren.

Künstler können manches, was Ich ihnen leichthin unters Näschen reibe, tapfer ignorieren, doch sie merken bald wie ausschlaggebend Meine Tipps und Tricks für ihre Arbeit sind, wenn's darauf ankommt höchste Meisterschaft, Bewunderung und Wohlfahrt zu erreichen.

Zuviele Schnörkel sind nicht wahrhaft schön, zu wenige vermögen nicht dem Bild die nötige Ver-spieltheit zu verleihen. Graziös ist was spontan gefällt und liebenswert das was man gerne mit nach Hause tragen möchte. Auf diese Weise komm auch Ich recht gerne bei den vielen an, um stante pede ihr Entzücken zu geniessen.

Kostbar ists in vielen Fällen wo sich Menschen-trauben bilden, doch nicht in jedem Fall wo Rührung feuchte Augen zeitigt in dem prallgefüllten Saal. Viel Kitsch, Klamauk, Trompetengold und schöner An-strich kann den wahren Kenner nicht bestechen und sein Lob bewirken murmelnd vor sich hin.

Nun siehe zu, dass du, was Ich hier bemerke, auch gewahrst im weisen Unterscheiden zwischen Kostbarkeit und Kitsch, Rarität und Ramsch wie zwischen Zierde und Geziertheit in den festlich aufgemachten Hallen höherer Weihen wie die Kuratoren sagen.

Wer Bände spricht mag gut sein im Belehren doch wenn ganze Bibliotheken eines Werkes Lob be-schreiben kann nur Ich im Ernst dahinter stehn, merk dir das und sei so weise, das was Ich dir Bin zu schätzen und zu akzeptieren ohne jeden Lökens lausigen Versuch.

3.2

Ein glatter Bruch ist ehrenvoller als das noch so viel verwinkelte Taktieren auf der Ebene der Sitten-prediger, der Professoren, Feuerspeier und scharf-züngigen Propheten. Ich sage Ja und Nein je nach der Situation die Ich zu unterscheiden habe. Das schafft träfe Definitionen und vermeidet ein zer-mürbendes Palaver vieler die konstant auf ihrem Recht bestehn.

Mein Beitrag ist von einer Klarheit ohnegleichen die jeden überzeugt der logisch denken, lauschen und spontan begreifen kann. Mein Ansatz springt dich förmlich an und lässt dir keine Zeit zu langem Panachieren.

Willst du Meinen Werten einen Dienst erweisen lass es dir gesagt sein, dass Ich nichts Verfäng-liches in Meinen Reihen toleriere und nur Brotherr Bin für ehrliches, goldrichtiges Agieren.

Jahresrechnung ist für Mich kein Thema; einmal nur pro Leben wird gehörig abgerechnet indem Ich dir das eben absolvierte rigoros vor Augen führe. Konstatierst du eine Leere in des Lebens lobe-samem Ablauf und Dich-selbst-Gewahren lass Ich Meine Fülle für dich walten, sowie du sie zutiefst erflehst. Es ist das Seinsprinzip das überall und immerzu zum Zuge kommen will in seiner variablen Stärke, seinem Glanz und steten Wohlgelingen wie der Andacht gegenüber allem was es bildet, liebt und hegt. Auf vielverschlungenen Kanälen, Wegen, Offenbarungen und Infiltrationen lass Ich Meine Würze, Mein Gelöbnis wie Mein Herrscherwort in alle Welten strömen. Das ist das A und O von allem was geschieht derweil dein Beitrag nur als Appendix zu werten ist im alles überragenden Verwirklichen das Ich äonenlang betreibe. Dennoch ist klein, doch fein, dem Grandiosen gegenüber beileibe nicht zu negligieren und verachten. Hier kommt Qualität vor Quantität zum Zuge die macht dich zum Idol der davidesken Tapferkeit und Schlauheit jedem Goalie gegenüber dem der Elfmeter zum Verhängnis wird für Zeit und Ewigkeiten.

Mir gegenüber ist kein Kraut gewachsen, doch Bin Ich so galant dir Meine Regeln regelrecht zu unterschieben, dass du wie ein König in Kalabrien auf ihnen prächtig ruhst und dich an ihren Düften aufs Bekömmlichste erlaben kannst im Wunder des Erkennens Meiner wonnevollen Seinsmoral.

3.3

Frommsein ist kein Kinderspiel sondern zielbewusste, strenge Arbeit an dir selbst sowie an deinen Wesensgliedern. Was du wirklich an dir bildest ist stets geistiger Natur und was sich dabei an dir ändert ist Charaktersache die sich in dem Willen äussert mehr Respekt zu haben vor der Weltnatur wie vor dem was du dir Bist als Mensch und als Kreator aller deiner Lebensszenen.

Dein Selbstverständnis wächst mit jeder gütevollen Tat die du vollbringst in deinem minikrimen Seinsbegreifen wie am überwältigenden Weltgeschehn.

Was hier vorgeht ist *Mein* Schritt und Schreiten, was geschieht geschieht in Meinem Sinn und was du willst, dazu will Ich dich leiten solang bis dir das Auge bricht. Und wie's dann mit dir weiterdriftet ist ganz wesentlich durch Mich bedingt und ist zu deinem Heil gestiftet das dir des Himmels Segen bringt. Du bist in Mir als liebes Kind geborgen und darfst gewiss sein, dass die Helle nie vergeht an jedem neuen wundervollen Morgen an dem die Strahlensonne dir am blauen Himmel steht.

3.4

Bist du allzeit bereit in das Unendliche zu münden um dort dein Heil und deine Seelenharmonie zu finden? Was geht hier vor, magst du dich fragen? Verdirbt dir nicht das irdische Geplänkel und Gerassel, Transpirieren, Zischen und Gekreisch den Frieden deiner Seele den du doch so nötig hättest? Nein, ist deine wohlbedachte Antwort die sich generiert aus der vollendeten Gelassenheit die Ich dir immer schon gespendet habe und die du noch so gerne annimmst in der Seele wohlgesittetem Gespür.

Bar jeder Illusion kann Ich in allem Ernst die Ansicht und Empfindsamkeit vertreten, dass der leise, stete Seelensang in Meinem Inneren den Weltlaut übertönt den Ich nur wie in weiter Ferne noch vernehme. Er berührt Mich zwar zutiefst, doch kann er Mir die ruhige Gewissheit Meines Seligseins nicht rauben. Das Göttliche ist Meines Seiens Würde und Gespiel, die Liebe zum Allhöchsten Meine Eintracht und der Segen den Ich durch ihn spende weltenweit und liebesgross.

3.5

Nichts kann moderat sein in der Welt der Drangsal und Verführung, Unerbittlichkeit und Fehde ausser Mir, der Ich im Winde des Gerechtseins durch die Welten segle und Mich des allgemeinen Wehs erbarme in der Menschenseelen Turbulenz und Widrigkeiten. So viel an Einsicht darf Ich wohl von dir erwarten, dass in Meinen hohen, lichten Sphären wunderbare Ordnung herrscht und Harmonie in denen Ich Mich froh und frei und selig fühle.

Katastrophen kann es nur im menschlichen Bereich in voller Willkür und Verruchtheit geben. In der reinen Geistkultur hingegen, die Ich pflege, sind die Lebensdinge gnädig, rund und schön. Sie umfloren dich wie zarte Knospen im durchsonnten Rosengarten und der Zauber ihrer Düfte nimmt dich für sie ein. Gelehrte wie Gelehrige versammeln sich auf grünen Fluren zu erbaulichen Gesprächen über Welt und Weltensein im Sternenglück das ihrer Lebenslust beschieden.

3.6

Riesentaten sind nur dann beglückend schön, wenn sie auch ästhetisch sind in ihrem formvollendeten Erscheinen. Das ist bei Mir in jedem Fall vorhanden an den Ich ganz persönlich Meine Hand gelegt und ihn mit Himmelsglorie ausgestattet habe. Asymmetrie und Ausgewogenheit der Elemente passen alleweil zusammen und ergeben ein bemerkenswertes Bild von Harmonie, vollendeter Ästhetik und beglückender Geschlossenheit der Farben, Formen wie der meisterlich gesetzten Perspektiven.

Um solches zu erbringen hast du stets auf Draht zu sein, derweil du deine Wachheit ausspielst und den Drang nach Perfektion verwirklichst mit den götterlichten Mitteln die dir zur Verfügung stehn. Gesegnete Gemüter sind von Mir befähigt Hochsensibles, Lauteres und Präsentables zu vollbringen vorwärts schreitend in Bezug auf tätige Erfahrung, Variabilität und nützliche Gestaltungen en masse und mit der Grazie der Göttlichkeit versehen.

Nichts hindert dich, mit allem was du tun willst, vor Mich hinzutreten mit der Bitte um Genehmigung, Bereicherung und Ausgestaltung mit fantastischen Manierlichkeiten und eleganten Novitäten. Das erhebt das Herz bei ihrem Anblick und begabt die

Seele mit Entzücken an dem Werk der Einheit aller Kräfte die es schufen.

3.7

Wachsamkeit und Würde machen die Gerechten Gottes wahrhaft licht und schön. Sie handeln ständig nach den Seinsgesetzen die Ich ihnen firm, unmissverständlich und manierlich vor die Seelenaugen halte. Sie zu befolgen macht ihr Wesen liebevoll und heiter und verleiht ihm jenen Touch den Ich so schätze, liebe, unterstütze und in Meinen höchsten Himmel hebe. Immer weiter geht die Reise in das Land der Konsolationen, Richtungskräfte und Begeisterungen die den wahren Wert des Daseins unterstützen und ins rechte Licht der Gottheit dirigieren. Das Fabelhafte bricht sich Bahn und vollführt den Tanz der Einheit aller Dinge, Wesen und Entfaltungen in Meinem Sinne und in Meiner gottbegnadeten Manier. Es ist die Überwelt die Ich voll Anmut vor dich trage um dich eines Besseren zu belehren und dich aufzufordern sie mit Geisteskräften zu ergreifen und daraus dein Glück und deine Wohlfahrt zu gestalten.

Alleweil gerät Mir was Ich so erhaben an die Strippe nehme und verdient allseits gelobt und auf den Sockel des Vernünftigen und Anerkannten hochgehievt zu werden. Mich übertrifft man nie und so ist es auch dir gegeben Meinen Schutz und Meine Schelter unverzüglich aufzusuchen wenn Gefahr droht und die krassen Stürme sich auf deine Werte zubewegen. Ich kapituliere nie, selbst wenn sie noch so viele Schäden generieren, denn Ich Bin fähig das Zerstörte aus gewaltigen Ressourcen sogleich wieder aufzubauen, neuer Schönheit, Effizienz und Munterkeit entgegen.

Nicht du, doch Ich in dir, bewirke das Bedeutende das alle andern Resultate überschlägt und sie zunichte macht mit ihrem Prunken. Des eingedenk wirst du Erhabenes kreieren und vielbewundert und von Mir bestärkt in alle Winde fürbas gehn. Dein Metier vollzieht sich wie in alle Himmel aufgehoben und zieht sich von Erfolg zu hundert weiteren Erfolgen vor und hinter dir in weisem Aneinanderfügen. In kyrillisch ziselierten Schriften legst du was du weisst darnieder und belehrst damit die Generationen die da kommen sollen zum gekonnten Fest des Lebens. Das muss wachsen im Vereintsein aller Kräfte wie in der Holdseligkeit der traulichen Gemüter die den Weg zu Mir in freudevoller Achtsamkeit und in der Grazie Elysiens gefunden haben.

3.8

Kongenial und sonnenklar sind Meine Weisungen die dich zum Lichte und zur Auserlesenheit des Liebeshimmels führen. Grenzenlos ist Meine Sorge um dein Wohl, ewig heiter mein Salut, wenn du auf hoher Bahn bei Mir und Meinen Gütern angekommen bist, ins wahre Sein erhoben.

Die vor dir hergegangen sind bezeugen, dass der Herr der Welt mit seinen Wundergaben stets bereit ist um die Seinigen, wenn sie nur willig sind, zu sich heranzuführen. Du betrittst auf sicherm Pfad sein Reich der Schönheit des Gestaltens und der liebevollen Pflege der Geselligkeit in weiter, weiser Runde der Verklärten. Das Schöpferische wird darin gepflegt so gut wie das Beschauliche in den besonders aufgemachten Zeiten, wo Ich den Wesen Meiner Huld die überragenden Prinzipien und Postulate Meines Seins in aller Form und Fülle offenbare.

Was nun wenn dich die Herrlichkeit des Himmels überstrahlt und du das langgewünschte, sagenhafte Firm und Fest erreicht hast in der Lebensschule, die

Ich dir gewährt, geweiht, gewidmet und gestaltet habe. Es ist ein unerschütterliches Geben, Nehmen und Gewinnen in den Plan von Meiner Dignität und Wohlfahrt, Sinnkraft und Barmherzigkeit am Sein geschrieben, der auch dir plausibel werden soll, dass du ihn gern befolgst und seines Vorteils inne wirst in deinem wohlbedachten und bewundernswürdigen Betragen.

Die Verbindung die Ich mit dir pflege stimuliert dein Wesensein von innen her auf der Basis geistiger Impulse und unendlich flüchtiger Gedankenstösse die dich in engelleichte und Gewissenhaftigkeit umschweben. Du brauchst sie nur in dein Gewissen aufzunehmen und schon herrschen Klarheit, Seinsvertrauen, Überzeugung, Dankbarkeit und guter Wille in der Hemisphäre deiner Welt die eben auch die Meine ist in unermesslich Wohlbegründeten und Ewigguten.

3.9

Die Konstellation der Sterne deinen Zeiten zu bringt dir gar viel von dem was dir gelegen kommt im Laufe deiner tatenkräftigen und wohlbedachten Inkarnationen. Du strebst nach dem Zenit in deinem Dasein und der ist im Geistesall zu finden das Ich dir füglich und vergnüglich, freimütig und manierlich offenhalte. Du brauchst nur daran interessiert zu sein in seine wunderbaren Tiefen einzutreten und schon bringe Ich dir mit verheissungsvollem Blick das Losungswort „Ich Bin" entgegen. Du wirst dir täglich über seinen Inhalt, seine Kraft und seines Wesens ausgesprochene Natürlichkeit Gedanken machen um mählich seinen Tiefsinn zu begreifen. Es offenbart das Zeitenlose, Ewige, das alles Überragende „an sich", das dich seit eh und je beseelt und über Generationen, Inkarnationen und

Äonen weitertreibt in unerschöpflich weiser und erhabener Manier.

Nur allzugut begreif Ich deine Frage: Ist das alles was Mir als ein Passepartout zum Eintritt in das Reich des übersinnlichen Befindens dienen soll? Da kann Ich dir erklären: Ja. Dein lieber, guter Sachverstand kann das nicht fassen und zerdröseln, aber deine Fähigkeit zum intuitiven Resumieren, was da *ist,* kann es.

„Ich Bin" bedeutet Sein im Sein zu sein und damit einer lichtgewaltigen Allwirklichkeit und Symbiose aller Dinge anzuhangen die dich vom Illusorischen, so sehr verbrieften Weltbetrieb, erlöst, indem du ihn durchschaust mit reingewordnen Seelenaugen. Eine neue Art das Ganze anzuschau'n ergibt sich dir und lässt dich vor Begeisterung und Herzensglück erschauern. Der Anblick des Un-Endlichen verleiht dir Flügel die es dir gestatten ohne jedes Wenn und Aber ins Allgöttliche hineinzufliegen um dich in seiner wohlgefälligen Präsenz aufs Wonnevollste warmzufühlen. Nichts Sagenhafteres als dieses Wohlgefühl im Allerhöchsten kann dir je geschehn, denn es umfasst sowohl dein Zeitliches wie dein ins Ewige verklärtes Sein in vollen runden Zügen und erklärt sich dir in nie verebbendem zutiefst bewussten und gottselig manierierten Seinsgenügen.

3.10

Zart und zärtlich überbring Ich dir die Botschaft von dem Sein an sich an dem sich alle, die da wissen, dass sie *sind*, aufs Köstlichste erlaben. Ihre Wurzeln haben sich bereits in viele Herzenstiefen liebevoll hineingetrieben. Sie eratmen sich von dort den Duft der Freude den Sie mit der frohen Kunde von dem reinen Sein allüberall verbreiten. Bist du dir nur einmal klar geworden was du Bist in deiner

Fülle, Seinsintegrität und Geisteswirklichkeit, kann dir kein noch so wütendes Szenario des Lebens mehr den cantus firmus wegbedingen den du ständig auf den Lippen trägst das Sein zu loben. Ich will dir ja so gut aus Meines Herzens Inbrunst und Verlangen; ich verehre dir das Allerbeste was Ich nur in Meinem liebenden Gemüt für dich erfinden kann. Empfange es mit wachem Geiste und du wirst dich sogleich als Gesegneter des Himmels überglücklich fühlen.

Wer immer sich den Sprachfluss und die gott-begnadete Allüre Meines Wesens angeeignet hat, darf sich voll Seelenkraft durchs Weltgetümmel und Geschrei bewegen, ohne dass ihm nur ein Haar gekrümmt wird von den Saboteuren der subtilen Weltgeschichte. Er ist gefeit vor Unbill und Malheur im innersten Bezirk den Ich ihm mit der Gottes-flamme hell erleuchte, siegessicher und loyal.

Dein erbauliches Verhalten trägt beständig dazu bei die liebedürftigen Gemüter aufzurichten und ihnen endlich und entschieden das Relieve zu bringen das sie in ihrer so prekären Situation besonders nötig haben.

Le jeux sont faites wird es für dich nur allzubald auch heissen. Dann bist du plötzlich sehr von Mir und Meiner köstlichen Allüre angetan und erträgst im freien Über-dich-Verfügen alles was dir frommt und was von Meiner Seite kommt im Handumdrehn.

3.11

So richtig wohlgemeint und voll durchdacht ist nur das Freundeswort das *Ich* dir frei heraus besage. Es rettet dich vor jeder Unbill und Gefahr und reiht dich in die Gilde der mit Wohlverstand betuchten Seins-erhabenen von Meiner himmlischen Gewähr. Authenzität ist hier gefragt von Meinem Schrot und Korn und eine Unverfrorenheit und Raffinesse erster Güte ganz im Sinn der Gottessachen die du unternimmst um deine wie auch Meine Welt in wunderbarem Gang zu halten. Dabei halte Ich dir stets vor Augen wie sehr es darauf ankommt, dass dein Wille sich dem Meinen völlig angleicht ohne langgedehntes Überlegen und Geschwafel. Unternehme Ich etwas mit dir vereint so ist es immer richtig und fidel und wird unverzüglich in die Fibel grandioser Taten eingetragen. Was von diesem Vorgehn und Verbund zu halten ist das lass nur Meine Sorge sein unter noch so vielen die Ich dir mit grösstem Anstand und Gewissen durch die Lebenszeiten trage.

Mach es dir jedoch nicht allzuleicht damit, dein Budget mit dem Meinen aufzubessern, denn ohne Eigenleistung kann weder hier noch dort etwas Vernünftiges geschehn. Der wahre Jakob liegt wie überall im weisen Mittelweg der zu beschreiten ist und der die meisten Fälle abdeckt mit bewundernswürdiger Bravour.

Bei allem was geschieht ist es Mir ausserordentlich daran gelegen die klare Übersicht im Auge zu behalten damit kein Jota einer Unbedachtheit oder liederlichen Handlung sich ereigne unter Meiner Leitung und Befugnis universenweit gesehn.

Und du in deines Stübchens Enge und Klausur brauchst nur dein Herz zu öffnen und schon bist du mit allem in der Welt verbunden was sich anschickt über alle Grenzen ins Unendliche zu gehn. Das wird dann ein Freudenfest für jene die sich bis zu Mir hinaufgeschwungen haben. Richte dich danach und *sei* vom Anfang bis zum Ende und zum Neubeginn in Mir und Meiner überragenden und liebevollen, ewig heiteren und graziösen Geistkultur.

3.12

Schau die Sterne und du sichtest eine Welt voll Seinsbegeisterung und Liebe in grandioser Wohlgefälligkeit und himmelweiter Harmonie. Doch weit darüber stelle Ich das Reich der Geistesgegenwart und Seinsbewusstheit vor dich hin als Nonplusultra aller Sphären. Du lebst und waltest, strebst und schaltest mittendrin und magst es wissen aber nicht erfahren. Nun aber mehren sich die Zeichen und Gelegenheiten für dich zu erkennen wessen Odium und Silhouette, Kräftestrom und Seinskapazität du in dir trägst und ständig offenbarst zum Nutzen allen Weltenlebens: Du bist der von Mir Begabte und Gesegnete vor aller Zeit und reckst und streckst dich nun in es hinein, dem Sein zu Ehren.

Meldepflichtig bist du Mir beständig und intens für jeden noch so kleinen Fortschritt den du generierst in deinen Seelengründen. Ich lausche gierig jedem Raunen von Erhabenheit, Glückseligkeit und Grazie in deinen schmucken Runden um den Pol der Ich dir Bin und den du intus hast von Meinem gütestrahlenden Genie. Willst du ein Ass sein, sieh Ich reich es dir zum Tanz für jene Zeiten, in denen du dich selbst in Geisteswachheit und Gottseligkeit erlebst. Du wirst gewahr was Ich Bedeutendes und Grandioses an Mir habe und darfst den Abglanz dessen was Ich Bin in corpore an dir und deinem Menschensein erfahren.

3.13

Wahrhaftigkeit und Herzensgüte seien deine besten Freunde auf der Wanderschaft in Meine himmelweiten, lichterfüllten Sphären. Es geziemt sich dir solange in den Lebensdiensten auszuharren bis du dich verdient gemacht hast zur Erkenntnis deines wahren Seins und Wesens als in Mich geboren und von Mir zum Sein erkoren. Trete vor dich hin und rezitiere diesen Mustersatz: „Ich bin die Himmelsweisheit in persona ob der Gnade Willen die Mich hieher geführt". Das verleiht dir dann die Kraft dich nach deinem Stand geziemend zu verhalten, wie nach Meiner göttlichen Gewähr.

Überzeugt Bin Ich von der subtilen Richtigkeit von dem was Ich dir sage. Es stammt geradewegs von dem Parnass auf dem Ich Mich befinde und dir die besten Kränze winde dich aufs Freundlichste zu zieren.

Stell dich gütlich und gemütvoll ein in Meine Reihen der Gerechtigkeit am Leben wie der Ehrfurcht vor dem Sein in ihm. Du gestattest dir damit was viele andere sich noch lange nicht gewähren. Dein Empfinden führt dich von Erfolg und Einsicht stets zu weiteren Errungenschaften auf dem Feld der Gottesgüte, Kreativität und Sachlichkeit im Konstru-ieren.

Geh niemals aus, ohne Mich bei dir zu haben in der Wachheit deiner geistigen Person wie im Bestreben, Ganzheit, Gotteswürde und Genie zu offenbaren. Die sind allesamt von Mir gerundet und gesundet und vollführen mit dir in der Welt den Tanz der Redlichkeit und Fantasie, des Seinsvertrauens wie der seligen Lebendigkeit im wunderbaren Seinsgenügen.

3.14

Mehrfach ausgezeichnet bist du mit den vielen wunderbaren Gaben die Ich dir aus Herzensgrund und Liebenswürdigkeit verliehen habe. Keiner sollte Ursach finden sich über Mangelhaftes zu beschweren das Ich ihm am Urbeginn mit auf den Weg gegeben. Aller Schönheit Seim und seelenvolle Geltung stellte Ich ein jedem zur Verfügung, um damit ins Wirkliche und Wesenhafte und in abervielen Runden und Ereignissen zur Einzigartigkeit emporzuwachsen in der Lebenszeiten Lust und Lautenspiel.

Das Resultat ist heutzutags ein unerhörtes Divergieren, das in den individuellen Charakteren offenbar geworden ist nach Raum und Zeit und nach Verschiedenheit der laufenden Impulse in den Weltenwogeneien.

Gemäss den Schriften bist auch du gehalten alles Mögliche aus dir herauszuholen und das Bin vor allem Ich der alles möglich macht was du dir denkst und unternimmst zu tun. In des Weltengeistes Milde und Gewandtheit liegt dein Wohl sowie du dazu neigst dich seiner Allmacht vollends zu ergeben. Sein Wille wird zu deinem und sein Wort zu deines Mundes Wahrspruch in den Geistesregionen, zu denen du dich anerkannterweis erhebst. Was du verteidigst ist sein Reich mit allen Liebesbastionen die da *sind* und seinen höchsten Ruhm begründen. Der Auserlesene liest sich die Satzungen der Gottheit vor und handelt strikt nach ihnen. Was es auch sei, er nimmt des Schicksals Fügungen als Gnade des Allhöchsten an und wendet sie mit Vehemenz und Willenskraft, mit Seinsvertrauen und entschiedener Vertrautheit mit dem Ewigen zum Guten.

3.15

Wofür du kämpfen kannst ist als Mein Reich und Reichtum vor dich hingestellt in vollen runden Zügen. Es wappnen dich die Engel Meiner Gunst und Güte und verleihen dir die Kraft und den Elan zum fortgesetzten Siegen.

Immer Bin Ich involviert in dein Dich-selbst-Begreifen, weil es eben Meines ist in der äonenlangen Seinsgeschichte, die Ich tapfer ringend und Mein Werk besingend absolviere. Wesentlich ist immer, dass das Gros der von Mir eingesetzten quicklebendigen Akteure willig ist sich für das Menschliche und Redliche, Bezaubernde und Gütige in Meinem Reich zu rühren damit es immer wohlgedeihe und floriere. Es geht nicht an, dass sich die einen voll Elan mit regem Blut um Meine Sache kümmern, derweil die Anderen bestrebt sind auf der faulen Haut zu liegen, profitierend und geniessend ordinär.

Der Gedanke der Alleinheit muss im Volke wachsen, damit die Solidarität zum Zuge kommt und das Geschwisterliche selbstverständlich wird aus eignem Antrieb in den vielen. Wo Liebe und Verständnis herrscht zum Nächsten öffnet auch der Herzensfriede seine Pforten und verströmt sich in die Welt zu aller Wohlfahrt und Gedeihen.

Bist du dir nur einmal klar geworden über das Konzept, nach dem Ich alle Meine Welten, irdische wie geistige, firm und friedevoll regiere, kannst du ermessen welche Fülle vor und hinter dir am Wirken ist um das Ganze zu befördern und schlussends zum freien Über-Sich-Verfügen zu erlösen.

3.16

Rhonegletscher, Eigergletscher, Morteratsch – alle müssen weichen vor der Sommersonnenwärme die Ich rings um Mich verbreite. So auch soll das Kühle, Starre schmelzen vor der Liebenswürdigkeit mit der Ich deinem Wesen jederzeit begegne. Deine Staatsaffären haben die Tendenz dich zu verfestigen und damit mehr und mehr ans Irdische zu ketten als wärest du in lebenslange Haft geraten. Da läuft etwas nicht rund muss Ich dir sagen, du gerätst in Unruh und verteidigst deine Werte, wie die Löwin ihre Jungen, statt sie loszulassen wenn es Zeit ist leichter und beschwingter, zuversichtlicher und gläubiger zu werden.

„Es gibt ja Einen der mich führt", sollst du dir sagen, „und der mit überschauendem Bewusstsein alles Weltliche zu meinen Gunsten regelt, wenn Ich mich voll Vertrauen unter seine Güte stelle." Ich gebe dir die richtungweisenden Gedanken ein mit denen du auf Meinen grünen Zweig gelangst in deinem wunderlichen Brüten. Keine Widerstände hegen, niemanden verdammen und schön säuberlich dem Faden der Vernunft entlangspazieren sollst du Tag für Tag, derweil du deine Fähigkeiten spielen lässest dir und deiner Lebenswelt zu Ehren.

Ohne jeden Zweifel darfst du dich dem Inspirator in dir anvertrauen der die Weltzusammenhänge kennt und seinen Kindern wohl will über alle Massen. "Ich bin in dir geborgen," wiederhole du zum x-ten Male und erwirke was dir frommt indem du eifrig tätig bist in deines Schicksals Manifest und Gnaden.

Zufolge Meiner Interventionen ebnet sich dein Weg der tausend Variationen zu dem einen der zu Mir und Meinem gnädigen Hospize führt in der spielenden Lebendigkeit und Anmut, Wesensgleichheit und gottseligen Bedeutung deiner Erdentage.

3.17

Dein Fazit soll aufs Tüpfchem Meinem gleichen und dein Weg soll schnurgerade neben Meinem laufen durch offenes Gelände, über Brücken, Berge, Senken, Quereleien und Kaprizen ohne Zahl. Bist du dir bewusst, dass einer dich begleitet der Ich Bin und dem der Schnauf nie ausgeht, derweil du unter Hitzen schwitzest, schlotterst unter Frösten und nach Labsal äugst in penetranten Nöten. Das ist weil du dich an das Leibliche gefesselt siehst, wo Ich im freiem Über-Mich-Verfügen Meine Geistigkeit geniesse und nach Belieben in dich schiesse, um in dir weiss was für Wunder zu bestehn. Es ist die Sprache des Gewissens die wie Pech und Schwefel dir gehört und deinem Tun und Lassen auf die Finger schaut durchs Zeiten-Los. Sehr wohl geziemt es sich für dich ihm zuzuhören und sein leises, leidenschaftliches Geflüster zu befolgen, vor der Tat. So manchen Absturz könntest du vermeiden durch mehr Spontanität im Handeln nach der heiligen Vernunft mit der Ich dich von Mal zu Mal begabe. Es ist der Wille eigensinniger Mächte der dich quält und den du immer neu zu meiden hast in der Gestaltung deiner Lebenstage.

Dein Eigenwille soll in Meinem Sinne expandieren in Gewandtheit und herzinnigem Sich-Mir-Ergeben. Es ist der Wille Gottes der dich sucht und den du zu vollbringen hast in würdigem, gottseligem Betragen.

Geist vom Geiste sollst du werden in des Lebens Standard und Olympia. Beides ist mit offnen Armen zu empfangen und als Vereinigung der Weltengegensätze zu verstehn.

Kein Jota ist zu ändern an der Genialität der Schöpfung so wie *Ich* sie Mir erdachte. Deren Reinheit ist von Mir verbürgt wie deren Effizienz wo immer sich Geschwistersinn verbreitet und die Liebe Urständ feiert in den Menschen die vom allpräsenten Götterwesen was verstehn.

3.18

Galant und fürstlich sollen deine Zeiten in der Tat verlaufen Mir zur Ehre und dir zum Gewinn an vielbewunderter Natürlichkeit und gottgefälligem Betragen. Ich kann es kaum erwarten bis du so richtig abenteuerlich und gross herausgekommen bist in deiner Machart als Komplize der Gescheitheit wie des merkantilen Aufeinanderfolgens der Gedankengänge lebelang, grotesk und gotteselitär.

Da gibt es für Mich eminente und bewundernswerte Überzeugungsarbeit und Veränderung zu leisten mit dem Motto: „Ausgewogenheit und Grazie, himmlische Gerechtigkeit und menschenwürdiges Benehmen wären bestens angelegt fürs Künftige das jedem blühen soll in seinen gottgewollten Präsentationen. Verschobene Proportionen sind ins rechte Lot zu bringen, Freigebigkeit muss walten mit dem Blick auf was zu fördern ist im Menschenweltgetriebe. Es gilt das Feingefühl fürs allgemein Verbindliche zu wecken wie den Sinn für das Unendliche das über allem wacht und das sich jedem öffnen soll und will in wunderbar befreiender und seinsgerechter, seelenvoller und beglückender Manier.

Kannst du ermessen was es heisst als Gottesfreund und Seinsgerechter unter deinesgleichen schlicht und wohlgemut zu leben? Es stillt sich dir die Sehnsucht nach Geborgenheit und Seelenharmonie, Friedfertigkeit und einem Hintergrund von Herzensgüte und entschiedener Moral. Du bist der Götterlichtheit, ausgesprochnen Güte und solventen Redlichkeit geweiht in deinem Reichtum an dezenten Geistesgaben. Nicht von hier soll die Entscheidung sein über dein Verhalten allem gegenüber was du hast und was an dir noch haftet aus der Zeit der Unerlöstheit wie dem Eingekesseltsein in eigensinniges Gehaben.

Ich sage dir: Das Gnadenbild von Gottes Weisheit muss allmählich auch in dir erstehn. Es führt dich in Mein Zelt der Wohlgefälligkeit am Dienen und der Lauterkeit des Herzens Meiner Schöpfung gegenüber, die auch deine sein soll im beglückend wunderbaren Über-sie-Verfügen.

3.19

Charakterstärke, Edelmut sowie das Schwert der Weisheit sind für dich vonnöten um gerechterweis und eines Gottes würdig in der Welt voranzuschreiten. Auch ein Schlitzohr kommt voran, doch so wie *Ich* es meine ist vorzüglich Ewiges im Spiel um dich von allem Schabernack und aller Wichtig-tuerei, von Willkür, Zwängerei und allem Missmut zu befreien.

Bei Mir kannst du auf simple Weise lernen wie man sich dem Weltenschöpfer gegenüber anstellt um das Wirkliche zu leben mitten in dem Reich der Illusionen in das du dich mit solcher Vehemenz und so naiv hinabgestossen. „Denn du weisst nicht was du tust", ist hier im Angesicht der vielen Rätsel um dich her zu sagen. Dir ist nicht bekannt woher du kommst, wohin du gehst und was der Sinn ist deiner oft so schrecklichen Manöver. Gerade diese Werte aber will Ich dir vermitteln, wenn du nur die Gnade hast den Blick von deinem rabiaten Vielerlei zu Mir hinaufzuheben wo Ich Bin in aller Selbst-Verständ-lichkeit, Wahrhaftigkeit und liebevollen Signatur. Hat es dich gepackt als biedrer Weltenbürger plötzlich bloss und nackt vor dem Unendlichen zu stehn, empfindest du dich winzig klein und zugleich in die höchsten Sphären aufgehoben. Du magst es nennen wie du immer willst doch ist es absolute Gottesnähe die du dann verspürst wenn alle Stricke reissen und dein Welten-Ich vollends ins Taumeln, Nichtsein - wie in die Gottseligkeit gerät in Meinen liebevollen Armen.

Dann ist es, dass du Bist ein Benedeiter des Seins allherrlichem Gewahren und ein Reiter auf dem weissen Pferd der Redlichkeit, des Allgewissens wie der seligmachenden Verbundenheit mit dem der *ist* und der dich in die Sternenräume trägt im namenlosen Wirklichkeit-Erfahren.

3.20

Trachte du nach dem Lebendigen in dir und du strebst unwillkürlich nach dem wahren Guten das Ich Bin und welches deine letzte Hoffnung ist im allerwürdigsten Entsagen. Strebst du Mir zu in deinem medialen Dich-Begründen kannst du vollends gelassen an dein Tagewerk gehn wie immer es dich fesseln will und kujonieren. Dein Dich-selbst-Begreifen ist ins Unermessliche gestiegen und du hast alle Hände voll zu tun um deinen Freunden, was du dir geworden bist, gebührend zu erklären. Noch ist es ihnen nicht vergönnt das Unerhörte zu begreifen, dass sie *sind* und mit dem Sein so richtig von dem Weltenscheinen ins Allwirkliche erhoben. Doch die Sorge um ihr Schicksal lässt sie nimmer los und so gewinnen sie allmählich die Gewissheit von der Seinssubstanz mit der sie inniglich begütet sind und in deren Windspiel, Wesenhaftigkeit und Qualität sie prächtig, mächtig und geziemend leben. Du schweigst vor einer solchen Perspektive auf die Zukunft hin und bist zutiefst ergriffen vom Gedanken, dass dein eigentliches Wesen einer höheren Ordnung angehört rein geistiger Natur von wunderbarem Alles-Überragen. Wahrlich darfst du die Erkenntnis in dir tragen die da heisst: „Mein Reich ist nicht von dieser Welt" und "Allsogleich wie ich es frei heraus bewohne Bin Ich Mir ein König der Gerechtigkeit am Leben und ein Kind der Gottesweisheit die Mich durch Äonen ausgezeichneter Erbauung und tiefinniger Beglückung führt".

Stabil und seinsbewusst

4.1

Stabil und Seinsbewusst sollst du Mir werden ohne jeden Rückfall in den Schlendrian profanen Lebens in der Zeit der Naschereien und Beliebigkeiten die so verführerisch und eitel, prächtig und markant an deinen Lebenswegen stehn. Das Vollkommene in dir muss stets gepflegt und ausgeweitet, aktualisiert und von Mir gutgeheissen werden, damit sich jedermann an dir ein trefflich Vorbild nehmen kann. Eigentlich ist es ein Rätsel weshalb so viele, an sich tüchtige Gestalter ihrer Angelegenheiten, schlichtweg in dem wesentlichsten Punkt versagen. Es ist die Fähigkeit in jedem Fall wie eine ehern hingepflanzte Säule gradzustehn bei jeder Witterung und Unbill die dich trifft im Handumdrehn. Der Aufwand ist bedeutend doch der Lohn dafür ist grandios indem es dir gegeben wird den der du wahrhaft Bist aufs Radikalste zu erkennen. Es ist des Weltenschöpfers nie verblühende Substanz, Rechtschaffenheit und Genialität die dich befähigen dich jederzeit voll Kraft ins Zeug zu setzen und deine unerhörten Qualitäten auszuspielen zu des Gottes Ehre und Verbindlichkeit in spe.

Stante pede sollst du dich dazu ermannen das was du vollbringst in eigner Kompetenz und Sachlichkeit dem Ganzen anzufügen das da *ist* und das Ich Bin in jeder Weise des genuinen Existierens. Das befriedet und befreit und lässt dich hocherhaben über alles Zimperliche triumphieren. Du bist so wie Ich es immer bin und hast dabei nicht das Geringste zu riskieren. Deiner Geistesflügel Flüge schwingen sich hinauf um über Land und Meer und Kontinente frei heraus voll Wonne zu agieren. Unverletzlich, unvergänglich und saluber bist du Mein Gespan und Meines Willens Konterfei und Graduierung, fraglos und verheissungsvoll, erfolgreich und glückselig ins Unendliche hinein.

4.2

Was klappert da und trippelt dort in den berühmten Watschelgängen deiner Konvenienz und Kuriosität, Contenance, Eilfertigkeit und eisernen Geduld am Vorwärtsstreben? Gewiss versuchst du deinen Ehrgeiz gutzuheissen um weiss was für gloriose Güter, Traditionen und Bequemlichkeiten, derweil dir doch die Zeit davonrennt die du glaubst erreicht, gehortet und gezähmt zu haben. Du lässest dich vom Allzuvielen in die Länge und die Breite ziehn und verscherzest dir den Anspruch auf das Wesentliche in deinem Dich-zutiefst-Begründen.

Du gibst dich aus, doch ohne wahrhaft etwas auszugeben. Dein Lebenskonto steht im Minus, weil du es nicht fertigbringst die echten Werte rundherum zu pflegen. Das ist weil dir die Weisheit des Allhöchsten fehlt die dich zum Rechten an sich führen könnte. Es mag sein, dass ganz genau dasselbe einmal recht ist und gleich wieder unrecht unter deinen so systemgeladnen Taten. Dir fehlt noch das „gewisse Etwas" das nur Ich vermitteln kann in deiner dichtbewachsenen Allegorie der Heiterkeiten und Versäumnisse, Befürchtungen und höchst riskanten Abenteuer. Doch einmal wird dir die bewundernswerte Einsicht kommen, dass das Kleinste mit dem Grössten, das Banalste mit dem Überragendsten und das Ungeschickteste mit dem Begabtesten aufs Innigste verwandt und eingerichtet ist in wunderbarer Übereinkunft mit dem Ewigen, das Ich in allem Bin, und das Ich frohgemut und loyal, fürsorglich und beglückend durch des Seins Unendlichkeiten trage.

4.3

Altväterisch will niemand bleiben doch das Neue bringt dich immer weiter weg von dem was seit Urzeiten als das Heil der himmlischen Gottseligkeit florierte. "Wie mag Ich diesen sagenhaften Werten und Begünstigungen wieder näher kommen", muss sich mancher in den Reihen der begabten Spektateure fragen? Und da erwidre Ich: "Durch Meine Gunst sowie durch deine Kunst im Vorwärtsschreiten auf der Bahn des Seinserkennens wie der Tugend in allgöttlicher Manier".

Es ist ein virulentes Lernen, deine Eigenart im rechten Mass zurückzuhalten um der Meinen in dir die bedeutungsvolle Ehre zu erweisen die Mir auch gebührt. Beiderseits ist es ein unerhörtes Ringen um Identität, wobei in dir die Einsicht wachsen muss, dass es nur eine gibt, die Meine, in der vollen geistigen Potenz, Empfindsamkeit und Willensstärke die Mir eigen.

Das ist die Quintessenz an sich des Weltgeschehns und kann nie hoch genug geschätzt und tief erkannt und ausgeweitet werden.

Solang du nicht gelernt hast, in das was du geworden bist, die Gottesgeistigkeit gehörig einzubauen bist du nur ein Schatten dessen, was du sein sollst auf der Schlangenlinie deiner Taten. Sie sind erst wirklich meisterlich geworden, wenn sie Meine Würde und Erhabenheit, Bedachtsamkeit und Lebensliebe in sich tragen. Alles Befremdliche an dir muss schwinden derweil das Genuine wachsen soll in wunderbare Höhn die dich zur Gotterkenntnis, zur Glückseligkeit und zur Erfüllung deiner Mission als Mensch und liebender Gefährte allen Seins und Lebens führen.

4.4

Wahrlich, wahrlich sag Ich dir: Du solltest dir an jedem Lebenstag ein paar Momente oder noch viel mehr zu Meinen Gunsten reservieren, was dir schliesslich mehr bringt als die trefflichsten Geschäfte unter deiner so gekonnten, malefizen und allmenschlichem Regie. Rundlauf sämtlicher Affären soll es sein, was dich bewegt, und jedem Wucher sollst du Einhalt und Relieve gebieten. Carpe diem, nutze deine Zeit und trag dich damit in die Listen derer ein die dem Allgöttlichen den Vorzug gaben. Motiviere dich zu dem was unten und was droben ist in deinem heillos angelegten Wüten an dir selbst wie an der Welt in der Ich kaum zu existieren scheine.

Forellenfischer sollst du sein und immer soll die allererste die du aus dem Teiche ziehst du selber sein mit allen deinen fürstlichen und fürchterlich geschwollenen Ambitionen. Du sollst dich hüten, deinen Zorn und Zauber an Mir auszulassen, denn wenn du etwas gegen Mich hast hast du es genauso gegen dich und deine so herausgeputzte Würde, Eitelkeit und Scheinprosperität. Was wirklich zählt sind Meine weltenschaffenden Belange die zu Harmonie, Allmenschlichkeit und wohlgestalter Ordnung führen. Nenne Mir den Namen der zu allererst zu diesem Ziele führt, und kein andrer kann es sein als „Christus" der verehrenswerte Geist der Wahrheit und der Liebe, der den Erdplaneten zur Erkenntnis seiner selbst geleitet auf der Ebene der intelligentesten der Wesen. Du gehörst ihr an um dich zu Meinen Gunsten zu entfalten die da sind: Profunde Redlichkeit dir selbst und allen gegenüber die da *sind* um ihre Mission in Eintracht mit dem Allerhöchsten zu erfüllen. Das gebiert Erkenntnis der Gottseligkeit die in dir der Erlösung harrt und des Geführtseins ins unendlich gütevolle und erhabene gottselige Befrieden.

4.5

Wahrhaftigkeit sei deines Walten Zeichen und Befehl, Liebenswürdigkeit die Krone deines Dich-Verhaltens und Gottseligkeit der Lohn für deine

Präzision im Gute-Pläne-Schmieden. Willst du wirklich hochbedeutend werden so werde es in deiner eigenen Montur wie mit dem Aufwall Meiner Gnaden. Ein Sprichwort heisst „klein, aber fein", doch solltest du dazu noch das „und gottgefällig" buchstabieren, denn nur damit wird der Ausdruck deines Wesens Meinem voll entsprechen in der Schönheit seiner Acquisitionen.

In diesem Zustand hast du alles das gewonnen was Ich dir versprochen habe und beginnst dich selber zu begreifen als das eingeborne Zweigestirn am Himmel Meiner Seinsgerechtigkeit in wohlgesetzter Klarheit und Position. Dein Licht steht auf dem Scheffel, würden schlicht die Menschen sagen, Ich aber kann betonen, dass es wie die Sonne strahlt im Reich des übersinnlichen Gewahrens. Da du nun Bist erscheinst du vor dir selber als erkannt in deines eigentlichen Wesens Kunst und Kapital, Gelungenheit und Gottesideal. Hoch und höher schaukelst du dich in der Wiege Meiner Wirklichkeit und Energie ins All-Bewusstsein, dem die Seins-verklärten allesamt voll Wonne und Erhabenheit, Verehrung und tiefinniger Beglückung angehören.

Du darfst dich Sohn des Vaters nennen der den Geisteshimmel überwaltet und mit Schöpferkraft gebiert was immer ihm gefällt ins Lebendige zu rufen. Auch du bist nur durch ihn, und kennst du seinen Namen? Es ist des Seins Allherrlichkeit und Reichtum, Aberfülle und Perfektion, und alle die Mir angehören dürfen von dem was Ich Bin aufs Kräftig-ste und Überschwänglichste herzinnig profitieren. Das hebt sie auf zur Hoheit in den Sphären und beglückt ihr Wesen rein und licht und schön, dass es in Sternenschönheit glänzt am Himmel der Gerechten wie in der Allwirklichkeit von der Ich so begeistert Bin und vielverständig rede.

4.6

Ohne Mich kannst du nicht sein und ohne *Meinen* Wahrspruch geht der Deine stets daneben. Mein Hüttenwerk ist der Allwirklichkeit und Limpidezza zu vergleichen, die der Sternenwucht und Masse Wohnrecht und Beweglichkeit gewährt. So generös und unbegreiflich gütig kann nur *Ich* in Meiner einzigartigen Ressource sein, die sich als Ursprung aller Dinge und Kontinuum der Geisteswirklichkeit erweist in der Ich Mich in allem Ernste und aufs Wärmste für Mich selber zur Verfügung halte. Der Punkt von alledem ist Meine Fähigkeit aus dem reinen Sein heraus das Weltensein zu wirken, Mich inniglich an es vergebend und Mich zugleich in der Urkraft und Beständigkeit von dem was *ist* zu halten. Rational ist das mitnichten zu begreifen, jedoch ist es im Zug der waltenden Gesetze als gegeben und gekonnt zu akzeptieren in der Qualität der Fülle die Mir eigen.

Lass es dir weidlich gut gehn doch vermeide es, auch nur im mindesten an Meiner kapitalen Überlegenheit zu kratzen und dich an der Reinheit Meines Bildes in dir zu vergehn. Du fügst dir damit unermessnen Schaden zu, und wenn du Mich vergissest scheint es so als ob Ich dich geradeso vergessen hätte. Damit stürzest du dich in dich selbst zurück allwie in einen Abgrund von Verzweiflung, Seelenleere, Kälte und Misslingen.

Trotz alledem sind Meine Tore immer für dich offen, du brauchst nur reuevoll hindurchzuschreiten in Mein Reich der Güte am Geschehn und der Vertraulichkeit mit denen die Mich ohne jeden Vorbehalt und mit der ganzen Inbrunst ihrer Seele lieben.

4.7

Kormorane sind gefrässige und ewig hungerige Wesen. Tu es ihnen gleich, wenn du geneigt bist mehr zu wissen und die Weisheit Meiner Provenienz getreulich in dir aufzunehmen. Das adelt dich und bereitet deinen Füssen ständig neue Wege des Dich-selbst-Verstehns. So viel jedoch kann Ich dir frei heraus verraten, dass Ich Mich wie kein andrer selbst begreife und dass Ich darin Meine allerreinste Herzensruhe längst gefunden habe. Keiner kann sich väterlicher fühlen als gerade Ich, vor dem sich vor Urzeiten, als noch nichts geschaffen, war die allerersten Ideale und Verwirklichungen ins Bewusstsein hoben. Deswegen Bin Ich auch darauf bedacht die Zügel über alles in der Hand zu halten und kein Jota Meiner Urgewalt und Willensstärke aus der Hand zu geben.

Bezeichnend ist es auch, mit welchem Aufwand an geballter Energie Ich die Myriaden Sonnenfeuer unterhalte die da *sind* und sind ein hocherhabnes Zeichen Meiner genuinen Mächtigkeit per se in der brillanten allseits anerkannten Seinsdynamik die Mir eigen.

Hast du dir je Gedanken zugemutet über die Prinzipien des Lebens die allesamt von Mir erfunden und aufs Allerschicklichste verwaltet sind? Ohne die extreme Weisheit, Lauterkeit und Fantasie, wie Ich sie zelebriere, läge nichts als Öde um Mich her, derweil Ich nun auf Universen pochen kann mit der banalen aber prächtigen Bemerkung: Hier *sind* sie.

4.8

Was Ich immer dir gestatte ist gewährt für Ewigkeiten die in Mir wie dir rumoren und den Sinn verbreiten der die Welten prägt und ihre gloriosen Iterationen. Wo immer du noch fehlst lass Ich das

Manna der Barmherzigkeit geruhsam über deinen Scheitel fliessen und wo du bockig bist vergeschmeidigere Ich deine Glieder mit dem Balsam Meiner Kunst dir liebevolle Anteilnahme einzuflössen. Ich Bin ja allezeit bei dir und führe deine Sache bestens gegen alle Tücken die dich aus der schnurgeraden Bahn verdrängen wollen. Was brauchst du da noch mehr als Seinsvertrauen und ein reines Herz, Beweglichkeit und Stille des Gemüts um die so viel begehrte wundervolle Seinsgestilltheit zu erlangen.

Kein langgedehntes Federlesen gibt es bei Mir mit den Raben. Ich werfe sie mit Schwung und Rasse, wenn es Zeit ist, aus dem Nestbau der Bequemlichkeit und Rücksichtslosigkeit, den sie sich fein herausgeputzt errichtet haben. Sie müssen fliegen lernen wie der Adler in azurnen Lüften, müssen ihren Part nach Meines Willens Wohllaut und Gerechtigkeit versehn. Statt gekränkt bei Unbill sind sie dann getreue Diener Meiner Herren-Strategie, die alle Welt zum Besten führt und ihren Myriaden Zellen Kraft vergibt für all das Sagenhafte das sie zu vollbringen haben.

Wer zerstört die Ordnung, Wohlgemutheit und Gewandtheit die Ich hier in Schwung gebracht und aufs Beste angeordnet habe? Das sind die Geister der Verführung denen Ich den Autrag gab, dein Resümee von Gutheit und Verbindlichkeit zu prüfen und vor allem deine Arroganz in Sachen Loyalität und Menschlichkeit geschwind zum Einsturz und zur Korrektur zu bringen.

Wahrer Fortschritt ist in Meinen Rängen ein bewusstes Drängen nach vollendeter Beherrschung der Gefühle und Gepflogenheiten. Sie sind die grossen Unbekannten in der Lebensgleichung die da heisst: Weniger ist mehr und Qualität ist dem geschleckten Quantum stante pede vorzuziehen in der Seinsgesellschaft die Ich lautern Herzens generiere.

Hüte deine Zunge und vermehre mit gezieltem Stillesein dein Wohl, läutere dein Seinsbenehmen und erlange Gnade vor dem Allerhöchsten, das Ich Bin, und das bestrebt ist in dir und um dich herum den Wohlgeruch der Seinserhabenheit und Wonne der Gerechten zu verbreiten.

4.9

Moderat und effizient sein sind zwei Sterne die beständig deinen Freudenhimmel zieren sollen. Kapitale Tugenden sind alleweil von Mir gespendet als Beförderer und Unterhalter deines Wesens, Meinem Sinn und Geist entgegen. Alles was da *ist* wird ständig und inständig von der Redlichkeit und Güte des immensen Weltenseins aufs Beste ausstaffiert sowie im Geiste ewig jung erhalten, dass ihm niemals etwas fehlt es sei denn die Erkenntnis dessen, was da *ist* im Überschwang der Lebenszeiten.

Ungläubig schüttelst du dein Köpfchen und beharrst darauf, dass es dir eher schlecht als recht ergeht in dieser Welt des Haders und der eminenten Leiden, des Lugs und Trugs in Grossmanier. In Meinem Geiste sieht das anders aus. Da herrschen Zuversicht und Frieden, Reinheit der Gedanken und beständig wachgehaltne Übereinkunft mit der genialen Weltengöttlichkeit. Diese innere Haltung ist dann auch die Basis für die äussere Welt der Wirklichkeiten die Ich Mir voll Einsicht und Ergriffenheit erschaffe.

„Der Geist weht wo er will" bedeutet auch, dass deiner sich in Freiheit so und so verhalten kann um damit eine Wirklichkeit nach deinem Gusto zu erschaffen, sei sie nun angenehm, gesittet oder grundfalsch und verschroben.

Ich decke dich auf jeden Fall mit Meiner Weltenliebe ein und versuche dich damit auf Meine Seite hinzulocken. Spürst du das, so bist du auch schon auf dem besten Wege, von der Angst und Irrsal deiner Vorbehalte zu genesen um alsobald in Würde und Gelassenheit, dezenter Freude und glückseligem Dankgeflüster heil und hehr vor Mir zu stehn.

4.10

Lobesam und tugendhaft sei, was von dir sich Meinem Vaterauge präsentiert. Du bist gehalten so galant und gütig, seinsgewandt und unbeschwert zu sein wie Ich es Bin inmitten Meiner unnachahmlich schicken und gewissenhaften Wogeneien. Was einmal stimmt stimmt schon für immer, graziös und glaubhaft, delikat und liebenswürdig von Mir vorgetragen. Das bezieht sich wunderbarerweise auch auf dich und deine Art und Weise die skurrilsten Lebenstänze aufzuführen. Da lohnt es sich im Umgang mit den Raritäten und unendlich opulenten Optionen seriös zu sein, die Ich dir vermacht und ausgeliefert habe.

Gang und gäbe ist es bei Mir, Meinen Bürgen gegenüber resolut - und zartbesaitet, minuziös und wählerisch zu sein, wenn es darum geht, sie auch nur um eine Stufe hochzuheben in der unermessnen Pracht und Zuversichtlichkeit der Evolutionen. Sie sind allesamt von Mir und Meiner Fähigkeit geprägt, das Gute besser und das Pflegeleichte noch gepflegter als es eh schon war herauszubringen. Das ergibt dann einen Pulk von Nebensächlichkeiten die mit ihrem schnellen Drall schon längst zu Hauptakteuren und Komplizen Meiner Gängigkeit geworden sind.

Spürst du den Frühling musst du auch Mein Nahsein estimieren im Zuge Meiner seinsubtilen

Eitelkeiten, die sich ohne Scheu und Sorge in Mein radikales Gutsein prägen. Dies soll auch dein Antrieb sein zu auserlesnen Taten, die jedoch von Mir beglaubigt und explizite gutgeheissen werden müssen.

Durch Schaden wird man klug, gilt auch für dich in jenen Fällen wo es dir gefallen hat alleine vorzupirschen ohne Meines Rats Gefälligkeit gewiss zu sein. Das kann nicht gut gehn hätt' Ich dir schon längst bedeuten können, bevor es wirklich schief herauskam als die Quittung für dein Unvermögen. Gehst du an Meiner Seite deinen Lebensweg entlang, so wird es alleweil zu einem wohlbekömmlichen Flanieren, das sich jedermann zum Vorbild und bewundernswertem Beispiel nehmen kann.

4.11

In Meinem Sinne dich belehren lassen musst du schon, denn Meine Überlegenheit in geistigen Belangen ist vorzüglich auch die Deine, wenn du an Mich glaubst und Mir die Wunderdinge zutraust die dich akkuraterweise Stuf um Stufe höhwärts führen. Wohl und Wonnesein sind dem beschieden der bewusst auf Meinen Spuren wandelt und sich nicht beirren lässt von so und soviel Irritationen die ihm mitten in der Fülle – Mangel, Ungenügen und Zerbrechlichkeit bescheren wollen.

Es geht in jedem Einzelfall nicht nur um die betreffende Person sondern um das Wohl und Wehe der gesamten Welt. Sie leidet noch an jedem Haar das dir gekrümmt wird wie an jeder blühenden Bescherung die man dir entzieht. Dein Unglück staucht das ganze Weltsystem zusammen und dein Glück erhebt es um ein Quäntchen näher zur Besonnenheit und Sternenharmonie. Das ist weil Ich ein jedes Wesen in die Einheit aller Dinge eingereiht und eingebunden habe. Die aber ist in Mir begründet der Ich Bin der Einzige der *ist* und der sich über alles neigt und allem innewohnt als Leben, Licht und Sein in namenloser Güte und Verbindlichkeit im gottesgeistigen Allhier.

In Meinen Sphären herrscht wie immer Frieden; Meine Züge sind entspannt, weil sie auf dem basieren was Ich in Wahrheit Bin und weil sich Mein Bewusstsein immerzu auf das besinnt was Ich Mir ohne jeden Abstrich zugemutet, zugehalten und bewiesen habe. So ist dem „Mein ist Dein" Allwirklichkeit und Wesenhaftigkeit beschieden die sich als immanentes Wohl erweisen in dem unisonen göttlichen System. Den Mischmasch gibt es nur am Rande Meines wohlgelungenen Voltierens, doch in seinem überwältigendem Mehr ist alles eitel Freude und Gerechtigkeit am Leben, Sinngebet und Sanktuarium des einen Seins in dem Ich Mich in ewiger Heiterkeit und Seelenseligkeit erfahre.

4.12

Die Liebe ist lebendiger denn je in Meinem allweit hingebreiteten, vernunftbegabten Sein und Wesen. Alles was im Herbst der Zeit gefallen ist das lese Ich zusammen und siehe da, es wird sich als gereifte Frucht in Meinem Sinn erweisen, so wie Ich es immer wollte und wie es immer auch geschah. Durch Meine Huld vermindert sich die Schuld die sich die Menschheit angetan und nur der Einzelne muss weiter wachsen an dem Schicksal das er sich herangezogen hat in vielen Inkarnationen.

Ich klage nicht und lade Mir nichts auf derweil von Meinem Haus der Odem der Barmherzigkeit in alle Winde strömt und duftet und den Wesen wohl will die Ich Mir mit so viel Engagement und Schicklichkeit geschaffen habe.

Trägst du Bläuliches in deiner Aura seh Ich dein Vertrauen friedvoll in den Himmel strahlen, wo die

Regengeister es besonders gern empfangen. Immer heisst es: Gern entsprech Ich dir sofern dein Anspruch rein und lauter ist in wunderbarem Selbstgenügen. Ich mache alles neu indem Ich dein Bewusstsein mit der Helle tränke die Mir eigen. Du gewahrst voll Freude, dass die Ordnungen des Himmels jetzt und immer aufs Beglückendste bestehn und unerschöpflich gute Kunde von sich geben. Alles was Ich Bin wird mit silberhellem Mass betrieben das die Engel alleweil mit ihrer Glorie besingen. Und du bist mittendrin in dem vorzüglichen Geschehn wo immer du Bewusstheit atmest von der Unverletzlichkeit der Geistessphären wie von der beglückenden Verbindung die sie mit dem Irdischen erstreben. Alles eins in Meinem Mich-Begründen, Wohlklang und Erhabenheit wo immer Ich den vifen Seelen sagenhafte Zuflucht biete.

4.13

Credo in unum Deum, den steten Lobgesang des Himmels darfst du in dir intonieren Tag für Tag und jederzeit, wenn dein Bewusstsein Meinem Lichthauch offen ist damit Ich dich mit ihm beseelen kann in Meinem übersinnlichen Begrüssen. Ich schenke dir das unwahrscheinlich noble und beseligende Seinsgefühl, das dich mit Mir vereint in hunderttausend Gnaden. Du weitest dich an ihm und seiner Unbedingtheit die dein Wesen wunderbarerweise kräftigt und erhebt.

Gang und Gäbe ist es für Mich Dinge auf und ab zu rollen die als absolute Novitäten frank und frei im Leben stehn. Das erfordert dann spontane und befördernde Beweglichkeit, um den vielen neu erstehenden Aspekten würdevoll gerecht zu werden. Ich betreue dich mit ihren höher zu bewertenden gewissenhaften Visionen, an denen du dich messen kannst und zielbewusst entfalten in wunderbar beglückender Manier. Es offenbaren sich dir Schritt um Schritt die gloriosen Ordnungen des Geisteshimmels in deren gottgesegnete Struktur du eingebettet bist im Richtwert seinsbewusster Millionen.

Du erlebst das Übersinnliche in ganz natürlich dir erscheinenden Positionen. Gediegene Gedanken streifen dich und fachen deine eignen an zum Überschauen immer grandioserer und seinsgerechter Perspektiven. Dein Leben nimmt den Glanz der Götterlichtheit an und bestätigt, was du wirklich Bist, in langgedehnten, seligmachenden und wonnevollen Meisterzügen.

4.14

Was wendest du von dem Gelernten wirklich an will Ich dich gütlich fragen, und was vergissest du allmählich weil du's unterlässest ihm die nötige Beachtung zu gewähren? So vieles weisst du und doch ist es dir noch kaum bewusst in deinem Sein und Streben. Du handelst nach Impulsen die dich dorthin führen wo du willst und zugleich wo Ichs will im überragend angelegten Weltenschaffen.

Von feinen Gedankengespinsten bist du durchsetzt und umworben die allesamt auf dein Entfalten und Verändern zielen. Durch Meine weise Intervention wird schliesslich alles rein und gut was Ich im Grossen wie im Kleinen angesponnen habe. Die Lahmen gehen und die Blinden sehen ihre Fehler ein und trachten danach diese nicht zu wiederholen. In Meine Regionen aufgestiegen wirst auch du den eminenten Frieden und die Herzensfreude inniglich erfahren, die dir denn gebühren und es wird *ein* Reich und eine vielvereinte Seele sein im Epos aller Welten und Gottseligkeiten, von Mir ausgeführt und wieder heimgenommen, liebevoll und ohne jeden Tadels Spur.

4.15

Phänomenal und Klaustrophob trittst du Mir einmal so und wieder anders vehement entgegen. Ich empfange sehr gelassen was du laufend produzierst und setze es, von Mir in Weisheit und Erfahrung umgewandelt, wieder vor dich hin. Nimmst du es gütlich auf, so ist dir schon geholfen in deinem unstabilen Lauf und du beginnst dich zielgerichtet und gekonnt, manierlich, vielverehrt und ritterlich auf dem Parkett des Lebens zu bewegen. Gedankenströme send Ich dir von einer Qualität die ihresgleichen sucht, du musst sie nur erfühlen und erfassen und an ihrem Weckruf vif und tätig werden, so wie Ich es wünsche und wie es dir wohl bekommt in wunderbar für dich bestimmten und geschliffnen Zügen.

Ich mache Mir kein Hehl daraus, dass viele Meiner Ordnungen noch lange nicht zu dir hinüber reichen. Dennoch wirken sie von Mal zu Mal und verändern deine Lebensszene hin zum Guten und Beglückenden. Nur brauchst du Einsicht und Vernunft, Kraft und guten Willen um den Trieben Herr zu werden die dich stets umlauern und zum Eigensinn verführen wollen. Die Quintessenz von alledem ist, dass sich Meine Kräfte auf das Allerhöchste das Ich Bin berufen, derweil die tückischen Verführer von dem Abfall leben müssen, den sie sich in ihrem Hochmut selbst geschaffen haben.

Du bist von einer Garde guter Geister rings umgeben, welche stets zu deinem Heil agieren und denen es wie nichts daran gelegen ist aus dir ein Muster an Beständigkeit und Zuversichtlichkeit zu generieren. Wenn du zudem weisst wie viel von Meiner Schöpferkraft und Meinem Ernst, von Meiner Redlichkeit und Meiner göttlichen Struktur in deinem Wesen sind und leben, so wirst du Mir und

Meinem Anhang ganz gehorsam sein und nimmer schmählich überborden wollen.

4.16

Dankbar und für mich entschieden sollst du durch das Leben gehn. Es winden sich, es finden sich die Geister der Persönlichkeit bei dir und überbringen dir die Botschaft des Gelingens aller Meiner Pläne im unendlichen Allhier. Gelingt es dir ganz zu erfassen was das auch für dich bedeutet, muss darob intense Freude dich beseelen.

Im Kern ist alles Herzlichkeit und Güte, Liebenswürdigkeit und festliches Sich-Wohltun in den Rängen der Gottseligkeit und überird'schen Schöne. Du brauchst nur aufzubrechen um dem Stern der Weisheit traulich nachzufolgen den Ich über dir ans Firmament gelegt. Deine Wege sind exakt die Meinen, die behelligen sich nicht und sind einander lieb und gut in göttlichem Gedeihen. Du darfst an Meiner grünen, kühnen Seite ruhn wo neue Kräfte dich durchströmen, derweil du bist Mein allerliebstes Unikum im götterlichten Mich-mit-dir-Versöhnen. Dein Wandel ist dem Meinen gleich getan dort wo die Himmel in die Höhe gleiten und wo sich alles an das Göttliche vergibt in Meinen wunderbar gesegneten lichtvollen Weiten. Dort reg Ich dich zum Gutsein an und küsse deine Füsse auf ihrem hehren Göttergang den Ich zutiefst begrüsse. Dein Wille ist in Meinem aufgegangen und darf sich in der Kraft und Sagenhaftigkeit des Allerhöchsten neu erfahren und sich in ihm in alle Ewigkeit aufs Trefflichste bewahren. Ich Bin dir aufgeschlossen wie noch nie und spüre dich als Seinsgenossen in der sagenhaften Fülle deiner Taten.

4.17

Die Meinen sind erwählt, und Gottgesegnete sind alle die es wünschen, wollen und verstehn. Der Zutritt zu den Hallen Meiner Existenz und Souveränität ist jedem der da will gestattet, nur muss er auch den Mut dazu beweisen und muss die Konsequenzen tragen die da sind: Das alleinige Fixiertsein auf das Irdische ist aufzugeben und dem Unendlichen in dir ist die gebührende Bedeutung und Wahrhaftigkeit, namenlose Heiligkeit und Würde zuzuweisen. Keine Extrawurst ist das, sondern die alleinige Staffage mit der du dich aufs Intensivste zu befassen und auszurüsten hast in deinen vielen Gängen auf und ab und in die Kreuz und Quere.

Es ist dein kapitales Los am Gängelband unendlichen Vertrauens dich nach Meinem Sinn und Geiste zu betragen um schlussends die Krone ewigen und vollnatürlichen Lebens zu erringen. Was immer du dir fortan noch gestatten willst sei unbedingt in Mir, für Mich und für die ganze Welt getan in der Ich ohne jeden Zweifel Bin und wese. Lässest du die Leinen los so schiesst dein Schifflein ungesäumt und heiter Mir und Meinem nie verebbenden Sirenenklang entgegen. Und Ich empfange es mit der Gebärde des alleinigen Patrons, in dessen wunderbar geschniegelten Gewässern dir's gegeben ist, aufs Trefflichste und Wohlbekömmlichste zu navigieren.

Stimme deine Laute und vollführe einen Freudentanz um was Ich dir bedeute ohne jeden Vorbehalt und mit der Inbrunst des Verliebten, der sich von nichts beirren lässt in seinem Drängen zur unsterblichen Geliebten. Deine Wege sind so licht und schön sowie sie sich den Meinen vollends angeglichen haben. Dein Wandel äussert sich im Allerbesten was zu tun ist um der Weltenlage die

Befindlichkeit elysischer Begriffe zu verleihen. Bin Ich liebelicht und schön so muss es Meine Welt auch werden. Bin Ich der All-Einige so ist das Weltensein in Mir beschlossen und aufs Zärtlichste in Mich gefügt zum Traum der Liebe und zur Wirklichkeit der himmelhohen Geistessphären.

4.18

Im Wettlauf ist die Wahrheit nimmer aufzuhalten bis sie sich verwirklicht hat in allen Regionen des von Mir gegründeten Bewusst-Seins in den Weltensphären. Im Überirdischen bewirken Lügen Detonationen, derweil sie das was gültig ist mit einem Schlag zerstören. In Meinem Reiche herrschen nur schon deshalb Harmonie und friedevolle Stille, weil in ihm die reine Redlichkeit zum Zuge kommt soweit die Wesen reflektieren können.

Im Weltensein liegt vieles noch im Argen weil zur selben Sache ganz verschiedene Erklärungen bestehn. Das kommt daher, weil Meine Definitionen nicht gehört, gefühlt, geschweige denn begriffen werden. Mit Täuschungen lässt sich auf Dauer nicht beseelt zusammenleben. Unruhe, Missmut und Verdächtigungen sind die Folge der Vermummung einer trügerischen Absicht die dahinter steht. Da heisst es schlicht und einfach: Wende dich Mir zu und verwende keine Schliche, um den Nachbarn und das Volk hereinzulegen. Nur die Reinheit der Gedanken und Gefühle schafft Befrieden, Klarheit, Einigkeit und menschenwerten Dank, den die Völker doch so nötig haben.

Von der reinsten Klarheit über alles was da ist kann nur Ich, der es geschaffen hat, verlässlich Kunde geben. Da reimt und reiht sich eins zum andern wie am Schnürchen und erfüllt die Geistesräume mit dem Odem der Wahrhaftigkeit und Liebe noch zu jedem Detail das da *ist* um sich dem Ganzen dienstbar zu erweisen. Offenheit, Bewusstheit und gottselige Genügsamkeit sind Folgen des Vertrauens in das herrschende allgöttliche System in Meinen Reichen, von denen Ich beredte und beseligende Kunde gebe.

4.19

Wer setzt den Hebel und den Hobel an in allen Reichen die da *sind*, wenn nicht Ich es tue um Gerechtigkeit und Liebenswürdigkeit zu schaffen im von Mir gesegneten Allhier? Die Menschen sind noch lau im Hinblick auf den feurigen Elan den sie in Meinem Sinn und Geist entfalten sollten um Meine götterlichten Ideale zu verwirklichen. Das hängt damit zusammen, dass sie noch viel zu sehr an ihren eignen hangen statt den Meinen allerhöchste Ehre, Resonanz und Goodwill zu erweisen. Linkisch, streberisch, verkrampft und doktinär versuchen ganze Völkerschaften, Religionssysteme und Geschwader ihrer Zünftigkeit mit ihren heiligen Doktrinen durch Jahrhunderte zu segeln, ohne einen Deut von Evolution und Menschengötterwürde zu begreifen.
Es ist hier Mein erklärtes Ziel unendliche Belehrung aufzukochen bis zum Siedepunkt und denen aufzutischen, die nach mehr in ihrem blassen Wandel und nach Delikaterem auf ihren prallgefüllten Armutstafeln Ausschau halten. Ich komme und sie neigen in Ergriffenheit ihr Haupt vor dem der Gnade walten lässt vor Recht und ihnen Kunde bringt von höheren Regionen, die in ihrer Feinheit, Reinheit und Bedeutsamkeit gerade dem entsprechen was ihrem Seelensein am meisten Not tut jetzt und in den kommenden Äonen.
Es ist beileibe nichts Verwunderlichs das sie von nun an laben soll, um ihrem Eigendünkel seine Schärfe abzunehmen. Kräftige bewährte Speise

wird sie zur Besinnung bringen auf das Wesentliche und Geziemende in Welt und Leben, das zu ihrem Retter werden soll. So versehen sie am besten ihren Dienst am gloriosen Gottesfürstentum an dem wie eh und je die Geistesräume ihren überragenden und unveräusserlichenden Anteil haben.

4.20

Lächle Mir bei allem Ernst der Welt stets deine Zuversicht wie deine Seelenseligkeit entgegen, weil es dir gelungen ist den Gottesgeist in deinem Geiste zu begreifen und seine Kraft und Würde als die Deine zu verstehn. Glanz und Glorie darf Ich im köstlichen Allhier erleben und sie dir vermitteln als das eigentlich Gottselige das auch dir beschieden ist in unerschöpflich reicher, reiner Fülle jetzt, gerade jetzt in dir.

Die Geschichte wiederholt sich nie und das Urewige läuft nicht Gefahr sich je zu wiederholen, weil es immer neu ist mit der unermessnen Fülle seiner Liebesgaben. Derweil es unter so viel Myriaden Lebensströmen niemals zweie geben kann, die sich vollkommen gleichen, ist auch der Deine einzigartig so wie er eben *ist* und leibt und lebt mit allen seinen diffizilen Funktionen.

Versprich Mir künftig deine Existenz als eine Folge von erlebnisreichen Inkarnationen anzusehn die sich im Wechsel zwischen Hier und Dort beständig und inständig aneinanderreihen.

Du kommst und gehst und gehst und kommst solange, bis sich dein Bewusstsein zur Erkenntnis aufgeschwungen hat: Ich Bin und bin schon immer ohne jeden Abstrich dagewesen. Bewusst zu sein bedeutet, das Statut des Ewigen erlangt zu haben. Das Zeitliche nicht mehr zu spüren klärt dir Meinen lichten Liebeshimmel auf und öffnet dir die Türen zur elysischen Gelassenheit sowie zum Wohllaut immerwährenden Glückseligseins in gottgesegnetem Erlaben.

4.21

„Von niemandem geschlagen" gibt es für Mich keinen Grund zur Fehde zwischen Mir und irgendeinem Kontrahenden, denn es ist in seinserhabener Manier zugleich die reine Liebe mit im Spiel. Wen immer Ich begrüsse kann gewiss sein, dass Ich ihm zuinnerst wohl will und gerade seine Sache aufs Gewissenhafteste vertrete. Du wirst den Grund für diese Haltung leicht zu finden wissen in der Definition, dass das Deine Mein ist und das Meine dein durch alle Böden, Wissenschaften und herzinnigen Vergleiche.

Mir ists ein offnes Rätsel weshalb du Mir beileibe keinen Fingerbreit Vertrauen schenkst in deinem Rattenschwanz von penetranten Nöten. Das kommt wohl daher, dass du durch die Inkarnation die Schau auf das was vordem mit dir war vollends verloren hast. Du kannst sie wieder finden, indem du über deine Herkunft meditierst, so dass dir nach und nach bewusst wird, dass du Bist das Wesen ewiger Glückseligkeit, hinabgestiegen in den Traum des Lebens und erwacht in ihm zum Sein in Freud und unnennbarem Frieden.

Ist dir diese Botschaft und Erkenntnis manifest geworden zeigt sich dir die Welt in einem neuen Lichte der Verklärung und des seelenvollen Wandels auf den Höhenzügen göttlicher Brillanz und sagenhaften Wohlgenügens. Du bist vom Bettler zum begüterten und seinsbewussten Geistesfürst geworden. Deine Züge sind geglättet und mit wunderbarer Zuversicht verziert, derweil du *weisst* und wissend deine wohlgesetzten Götterkreise ziehst. Dein Vertrauen in Mich wie in dich ist absolut geworden und alles Gegenübersein hat sich zu einer Einheit und Geschlossenheit von sagenhaft gesättigter Empfindsamkeit vermählt in Meinem geisterfüllten Liebesgarten.

Geschöpf der Andacht

5.1

Geschöpf der Andacht und des Wissens, der Genügsamkeit und zarten Liebe sollst du sein Mir gegenüber in der Weisheit wunderbar geglätteten Empfindens dessen was du Bist und was die Sterne dir von Mir besagen. Deine Zugehörigkeit zum All der Welten resultiert aus der intensen vollbewussten Art mit der Ich Mich im vollen Strahlenlicht an sie vergebe. Taufrisch aus Meinem Sein geronnen ist seit Ewig alles was da *ist* und was sich füglich göttlich, menschlich, irdisch und unendlich nennen kann in seinem Sich-Begründen.

Somit bist auch du in der so komfortablen Lage, dich vollends auf Mich beziehen und beglaubigen zu können mit der Sicht auf was Ich Bin in aller Aktualität und Benediktion. Banausen haben hier gerade nichts zu suchen doch der Bund der Seinsbewussten schreitet in Mir zügig, sorglos, zielbewusst voran den Gipfel der Allmenschlichkeit und Götterklarheit zu erreichen. Ich siebe nicht mehr, doch Ich liebe wer sich Mir so vehement und selbstbewusst entgegendrängt in seinem Aufwall zu den Sternen. Schliesslich sind sie himmlische Erfüller Meiner wunderbar mit Sein gesättigten Ideen, die sich allüberall verbreiten glorios, leichtfüssig und von heller Sagenhaftigkeit dahingetragen.

Ich füge alles was da *ist* zu einer Harmonie und Nonchalance von wunderbarer Einigkeit zusammen und erkläre Mich im reinen Lichte als des Gotteswesens Sinn und Richt und Ziel. Meine Absicht ist getröstet in sich selbst versunken, derweil die Würde Meines Seins sich intensiv erkennt in ihrem seelenvollen Wesen. Von nichts mehr ist zu sprechen als vom unermesslich zärtlichen Gefühl der Einheit allen Weltenwesens mit dem reinen Sein das Ich Mir zugeeignet und aufs Wohlgelungenste in Mir verbreitet habe. Es ist die Liebe zum bewussten Sein in dem Ich Mich erhalte und verwalte, rühre und berühre, glaubhaft und vernünftig tituliere ohne jeden Drang und Aufbruch, kapitalen Wurf und Sendestrom im schlichten Einssein mit Mir selbst und mit Meiner wunderbar gesegneten Gebärde der Gottseligkeit im unermesslichen Allhier.

5.2

"Metamorphose ins allgöttliche Gewissen", heisst die gängige Parole die Ich dir vor allen anderen ins offene Gemüte lege. Dein Wandel, deine Labsal und dein Los ist es zu dir zu kommen und damit ebenso zu Mir dem selbsternannten Initiator und Kreator der bewegenden Geschichte, die die Menschenvölker als ihr Schicksal, ihres Daseins Epos und als Wunderwerk der Schöpfung preisen - oder gründlich kritisieren. Nur wenige der Myriaden Daseinsträger haben je begriffen, dass sie akkurat dasselbe sind was Ich Mir Bin im aufgesetzten und vollbrachten Weltenplan. Nur diese haben diesen so intens erforderlichen letzten Schritt getan um sich in ihrem Wesen völlig zu begreifen und demzufolge auch verbindlich, heldenhaft und liebevoll zu ihm zu stehn.

„Dass Ich fühle, dass Ich Bin", kann einer nur im Lied besingen, wenn er durch die ausgestandnen Lebenszeiten weise, menschlich und gewissenhaft geworden ist in seinem all so lebenstüchtigen Benehmen. Er ist des Lobes voll für den der ihn als silberglänzendes Produkt der Eigenheit geschaffen und genährt, verwöhnt und wunderbar behütet hat in allen Seinsäonen die darüberhin verflossen sind. Da macht es keinen Sinn, beständig nach dem Sinn zu fragen, denn dieser sieht sich als beständig aus sich selbst begründet an und braucht deshalb kein weiteres Motiv für sein Erscheinen anzuführen. Du Bist und damit basta, du lebst und wirkst und hast als Gott von Gott und Licht vom Lichte alles selbst verschuldet und getan was *ist* und was der Evolution und Remedur bedarf im Zug der herrschenden Äonen.

5.3

Öd und leer schien diese Erde ganz am Anfang noch zu sein. Doch in ihrem Schosse lagen Myriaden Keime, welche schon die letzte Grösse und Vollendung, Seinserhabenheit und Wesensfülle in sich trugen. Sie reckten sich und streckten sich unweigerlich dem Weltenlicht entgegen, das Ich Bin, und das die Fülle allen Daseins in sich trägt und dirigiert und meistert und beständig moduliert. Bald durchstossen unzählbare Keimlinge das satte Erdreich und beginnen ihres Lebens lichtgesegnete Parade zu durchlaufen.

Alles was ins Leben schiesst und torkelt, schlenkert, rollt und es befördert und geniesst erfährt auch was es ihm bedeutet als von Mir gegeben und geführt in seiner Pracht und seinen Niedrigkeiten, seiner Macht, Melancholie und Ungeduld im Zeitverstreichen.

Im Grund genommen zählen nur die Stunden die wahrhaftig sind, ein Abenteuer ohne Grenzen, eine bitterböse Parodie oder eine strömende Vereinigung von guten Kräften in der strahlend vorgetragnen Daseinsmelodie.

Es koste was es wolle scheint dir immer wieder das ersehnte Glück und die bekömmlichste Befriedigung zu bringen. Doch du irrst dich pausenlos indem du im Erlangen spürst wie übergross der Aufwand im Verhältnis zum verruchten schalen Nachgeschmack gewesen. Ein Verführter bist du allsolange bis du Meiner simultanen Führung dich versiehst und so geniessest was du hast und was du dir dazu erwirbst an prächtigen Positionen.

5.4

„Molto bene" sollst du dir an jedem Lebenstag ins strahlende Gewissen gratulieren können, derweil das Gute eben von Mir angezettelt und gewoben und gewogen worden ist in kluger Übereinkunft mit der Eigenart und Sitte deines Christenlebens. So viel Verheerendes wird täglich vor dir breitgeschlagen, dass das Respektable alleweil zu kurz kommt, worauf Ich Mich genötigt sehe es ins rechte Licht zu rücken. Allein das Konstruktive kann mit Fug und Recht von jedermann vertreten werden. Der von Mir inaugurierte Wille zum Gehörigen und Stabilen geniesst in Meinen Kreisen immer noch Priorität und wird dementsprechend auch geschätzt und würdevoll vertreten. Das gerade schafft Vertrauen und belohnt sich selbst mit guter Laune, Unbesorgtheit und erhabenem Gewissen von der Richtigkeit und Wichtigkeit der wohlgesetzten Tat. Ich setze an der rechten Stelle an und verschwinde dort wo es gehörig ist gehorsam wieder. Das soll auch deine veritable Taktik sein auf dem Parkett der guten Sitten wie der menschenwürdigen Raison. Gewiss wirst du mit Mir die Ansicht teilen, dass der Edelmut, die Herzensgüte und der Wohlverstand noch immer kapitale Werte sind auf die das Menschenwürdige gebaut und füglich ausgestaltet werden soll. Die Kräfte der Vorzüglichkeit sind es die dich vom Grunde her beleben und dir Anlass zur Beständigkeit, zum Wohlverhalten wie zur graziösen Heiterkeit vergeben.

5.5

Gelingt es dir das Alphabet der Hoffnung auf gelinde Gotteszeiten regelrecht zu buchstabieren, kann in deiner Hemisphäre nichts Bedauernswertes mehr geschehn. Alles nimmt die Züge hochbedeutenden Gestaltens deines Lebens an nach Meinem Willen wie nach Meiner alles überragenden Doktrin. Du bewahrst dich vor so vielem Liederlichen, dass man meinen könnte, deines Willens Attitüde sei es, unentwegt dem Makellosen und vollkommen Ausgewognen zuzustreben. Du gehörtest dann zur Gilde derer die man ehrfurchtsvoll als Heilige bezeichnet in des Volksmunds schmeichelhaftem Variete. Du belächelst diese Dinge, dich als kluger Weltmann fühlend dem man keine solchen Unterweisungen verpassen kann.

Gerade diese aber würden dich echt weiterbringen auf des Gottes reingefegter Lebensspur. Bis aufs Letzte achtsam sollst du sein auf was Ich dir besage, um es an der kurzen Leine auszuführen damit es dir nicht unversehns verloren geht.

Willst du wahrhaft göttlich werden, müssen deine Menschlichkeiten nach und nach verschwinden bis du rein und souverän, geläutert und erhaben vor Mir stehst als einer der sich zielbewusst zum Allerhöchsten aufgeschwungen hat um ihm ganz entschieden und voll Liebe und beseelter Herzensgüte zu gehören. Das entspricht dann der Parole von des Gottes Ebenbild in dir und deinem Äussern und befähigt dich in seines Seins Allwirklichkeit und wundervolle Heimat heimzukehren.

5.6

Wer Mich kennt wird nimmer von Mir scheiden wollen, wer das Alphabet der Hoffnung auf Mein Kommen recht verstanden hat, wird Mir mit freudigem Erwarten unentwegt subtile Referenz erweisen. Das Allergrösste allwie das Geringste sind in Mir aufs Zärtlichste verbunden. Alles was da *ist* befindet sich in einem Lichtraum von bewundernswerter Qualität, Gewissensgüte und Erhabenheit worein die Seele sich voll Wonne dehnt in der Glückseligkeit des namenlosen Prosperierens.

Das reine Sein im Seligen ist ohne Zweifel die Erfüllung allen Weltenstrebens, wie die seelenvolle Heiterkeit an sich in der sich das erstrahlende Bewusstsein badet und unendlich liebt. Im All der Einheit aller Wesen Bin Ich Mir des reinen Seins urewig sich bestätigende Attitüde, der Hauch der Himmelszärtlichkeit sowie der Odem unsagbarer Liebe die Mein Sein in wunderbarer Leichtigkeit durchströmt. Alle Meine Werte sind aufs Höchste souverän ins Gnadenreich Elysiens hinaufgehoben. Sie erklären sich als jeder Sorge bar und wissen sich von Hochgestimmtheit und gediegener Natürlichkeit was Rechtes zu erzählen.

Du magst es drehen wie du willst, es gibt was Ich dir so besage und was deiner Seele Hunger stillt mit *einem* wonnevollen Schlage. Du sollst nicht fliehen was dir eigen ist, denn es führt dich sachte, sicherlich und majestätisch dorthin wo du sein willst, in die Höhen göttlicher Vernunft und wunderbaren Wohlgenügens. Es erfüllt sich Meine Sage von der Generosität der Geistessphären wie vom Segen des Gerechtseins, der sich übers Weltensein erstreckt zu seiner Ehre, seinem Nutzen, seinem Heil und himmlischen Bewahren.

5.7

Mit einem Kraftakt ohnegleichen willst du dich geflissentlich und elegant durchs liebe lange Leben treiben. Doch treibst du's ohne Mich, muss es ein jämmerliches Stückwerk bleiben. Unbewusstheit ist ein schlecht bezahlter Job im Geistessinn und stellt die Aspiranten hinter allerlei betrügerische Machenschaften die Meiner Intension entgegenlaufen und die Welt in Sachen Menschlichkeit und Edelmut ins Elend stürzen.

Was will dir denn die strahlende Bewusstheit offenbaren? Dass du Bist das wunderbar beseelte We-

sen Meiner götterlichten Majestät die sich vor Urzeiten hoffnungsvoll und blütenrein ins Menschen-
reich gegossen. In einem Akt der grenzenlosen
Güte schenkte Ich dem einzelnen Geschöpf das
freie Über-sich-Verfügen was bedingte, dass es bei
der Inkarnation den Trank der Lethe, also tiefe
Unbewusstheit, eingeflösst bekam. Eine edle Pflicht
war es und ist es immer noch für jedermann sich
seiner selbst bewusst zu werden als ein Göttertrieb
am Baum des Lebens und ein vollbewusster
Kapitän auf hoher See, der weiss wohin er segelt
und der nur jene Fische fängt die ihm auch rechtens
zugehören. Du kannst deine Freiheit auch miss-
brauchen, so wie es noch allzu viele tun indem sie
voll Elan und rücksichtslos allein den eignen Vorteil
suchen. Wüssten sie, dass jedes Wesen als
beseelte Offenbarung Meiner Geisteskräfte existiert, sie würden anders, liebenswerter und gerech-
ter mit ihm umzugehen wissen.
Wie sag Ichs Meinem Kinde ist Mir zum dringend-
sten Problem geworden. Denn was Ich weiss hab
Ich in aller Offenheit schon längst bekannt gegeben
doch die Menschenmassen wollen es nicht hören.
Sie bewegen sich am Abgrund und vermögen die
Gefahr beileibe nicht zu sehn.
Nun lass Ich über allem Menschlichen den Hauch
der Liebe sich verwehn. Er versöhnt die Herzen und
erbarmt sich der Verirrten. Seine Gnade läutet
schliesslich doch den Frieden ein wie die Erkenntnis
einer immanenten Einheit ohnegleichen unter allen
Völkern, Stämmen, Nationen und Geschlechtern
auf dem desolaten Erdenplan. Quellen des Be-
greifens werden spriessen, liebevolles Miteinander-
Umgehn wird zur Ordnung jeden Tages und damit
bricht die Zeit der Lebensfreude, der Begeisterung
am Sein und des verständnisvollen Sich-Begreifens

an, die die Seher und die Vielgeliebten Meiner Majestät schon immer ausgerufen haben.

5.8

Was ist ist vollumfänglich Mir und Meinem Sein und Wesen zu verdanken? Alle Weltendinge treten unbeirrt aus Meinem Schoss hervor und präsentieren sich als fachgerecht geschaffen, tüchtig, nützlich, fabelhaft und wunderbar. In Meinen Ordnungen gibt es beileibe nichts zu kritisieren, denn die Kräfte wahren Seins bewegen und erfüllen sich in wohlgelungner Grazie am sagenhaften Schöpfungswerk in das Ich sie gefügt und eingemittet habe. Ein gläubig, emsig Volk von guten Geistern ist bestrebt in liebevoller Dankbarkeit das auszuführen was Ich intendiere, einen Sinnes, eines Willens, einer wohlgesetzten Tat.

Nichts ist bestimmt zu divergieren, und divergiert es doch wird es Mir allsogleich zum Ansporn Mich in Meinem Fache zu bewähren und von Meiner hochsensiblen Eigenart ein glänzend Zeugnis abzulegen. Malträtiertes zeugt enorme Schmerzen universenweit gesehn. Doch sind es Wehen der Geburt ins göttliche Gelingen über dem Ich wachend, liebevoll, potent und kraftvoll steh. Mir als dem Allhöchsten läuft im Grund genommen nichts zuwider. Ich binde alles wohlgesinnt und wohgelaunt am überwältigenden Guten an, das Meines Ursprungs Unikum, Realität und weise Weise ist in überwältigenden Massen.

Driftest du davon kommt Meines Wirkens Gnade dir zuvor, indem du unbewusst in Meine Arme gleitest um von Mir neue Kräfte, neuen Mut und neue Weisung zu erhalten. Ich verschenke was Ich Bin an Meine Bürgen und sie sind ihrerseits gehalten es voll Freude anzunehmen und mit ihm in festlicher Manier in immerwährendem Gedulden klug und sittsam umzugehn. Das mag vielen schlecht gelingen, doch gelingen wird es doch, weil alles Unvermögen an sich selber leidet allsolange bis es sich auf das besinnt was es in Wahrheit *ist* und was es leisten kann in Meines Unterfangens und Umfangens liebevollem Spiel.

5.9

Dem Edelmut verschrieben sollst du durch die Lebenstage patrouillieren und dich nicht genieren täglich tatenträchtig und entschieden für Mich einzustehn. Die Gotteskinder haben die Ereignisse auf dem so turbulenten Erdenplan beileibe nicht zu fürchten, denn unter Meiner schützenden Gebärde kann sich nur Vortreffliches gestalten und erhalten in den innern Weiten Meines Seinsgefühls. Hier oben widmen sich die Geistergenerationen unentwegt dem schweigenden Betrachten der mit Urgewalt in Gang gesetzten Weltensituation. Sie lassen Geistesfrüchte reifen von der Art und Weise wie sich fernab auf dem Erdplaneten die Verhältnisse von Völkerschaft zu Völkerschaft gestalten und veredeln sollen. Am Duktus der ins Grandiose wallenden Gezeten liegt ihr Wohl wie ihres Wachsens wunderbar gediegne Zelebration. Es gibt nichts Festlicheres für die Meister der Entschiedenheit als zu erleben wie die Menschen, durch Jahrtausende geführt, den Lebenssinn verständig und behutsam auf die Spitze dessen treiben was sie nach und nach für möglich und gerecht, erspriesslich und beförderlich erachten. Ihr Walten unterzieht sich der geheimen Offenbarung, die sich von den vielgewohnten Geistheroen unentwegt zu ihnen hinzieht um ihr Sein zu stärken und den wachsenden Strukturen ihres Webens wohlbewusst die Grazie des Himmels zu verleihen.

In diesem Sinngehalt bedeuten höhere Gefilde geistiger Natur gar viel. Sie inspirieren die Getreuen der Unendlichkeit mit trefflichen Gedankenbildern, die sie fähig machen ganz im Sinn der Hierarchie der Gotteswelt zu handeln und dabei in der Gewissenhaftigkeit und Redlichkeit des gotteswürdigen Vollbringens wesenhaft zu ruhn.

5.10

Der Durst nach Seinsgerechtigkeit und Gottesliebe kann dir niemals schaden, denn in Meinem Reich gestalten sich die Lebensdinge nach dem Mass der göttlichen Vernunft wie nach der Sitte Meiner Bürgen die ihr Sein und Soll zutiefst begriffen haben. Erwache du und sage dir: Ich bin ein Menschheitslehrer höchster Kompetenz und Güte dem so viel an Weisheit, Weistum und Belehrung zufällt, dass er die Geschicke von Jahrhunderten zu lenken und zu stilisieren weiss bewusst und zielgerichtet über Kontinente hin. Die Voraussicht zeigt dem Gottgelehrten was da kommen wird und aus diesem Grunde kann er auch die Remedur verheissen, die den krummen Weg begradigt und die Lande ebnet die dem Volk zur Wanderschaft wie zur Erbauung dienen sollen. Ihm bieten sich die höchsten Informationen an, die unvermittelt aus den Himmelssphären kommen und die den ernsthaft Wagemutigen zur wunderbar gefälligen Verfügung stehn.

Was Göttliche am Weltbau wollen ist zum Vornherein zum Sieg bestimmt über alle Widrigkeiten die ihm je entgegen stehn. Das ist weil sich dem Allerhöchsten keine Macht im Ernst entgegenstellen kann. Gesegnet sind die das begriffen haben und ihrem Handeln den sublimen Touch des Seinsvertrauens und der Liebe zur allgöttlichen Potenz verleihen. Sie kommen stets voran wo noch so viele jämmerlich im eigenen Moraste stecken bleiben. Sie bauen auf den Ruf der Herzlichkeit in ihrer Mitte, derweil die von sich selbst Gehetzten Meine Mahnungen im Lebenstrubel überhören.

Wer wirklich zu Mir kommen will wird Weg und Richtung unvermittelt finden die zur Heiterkeit des Ewigen sowie zur Wonne der bewundernswerten Geistgefilde führen. Dort wo Ich präsent bin herrscht der Wohllaut göttlicher Magie die ihre Zauberkraft in jedes Herz verströmt das sich ihr vollends hingegeben. Es ist das Glück der Stunde das für Ewigkeiten zählt und dem das Zauberwort „Ich Bin" für immer zu Gevatter steht. Radikales schwimmt ins Schweigen und Selbstisches löst sich im Einen auf das sich im Allüberall befindet und den Odem reiner Wonne und Glückseligkeit verweht.

5.11

Was droben ist muss auch im Unteren sein Sein verströmen und das Untere erhebt sich, wie der Korken, in das Wasserglas getaucht, ins Obere wo Licht und Leichte, Seligkeit und Freiheit selbstverständlich walten.

Die Menschheit schlittelt immer tiefer in ein geistig Defizit, solange sie sich ihrer Seinsberufung nicht bewusst ist. Das will heissen, dass sie sich dem Gleichnis zwischen Himmlischem und Irdischem enthält und so Verluste generiert von kosmi-schen Dimensionen.

Ich will und muss sie sensibilisieren für den götterlichten Auftrag, im Verkehren mit der allpräsenten Geistwelt wahre Grösse zu gewinnen. Jene die sich ihrer Menschengöttlichkeit bewusst sind werden niemals auf die tragische Idee verfallen sich zu bekämpfen, zu belügen und allein den eigensinnigen Vorteil zu geniessen. Sie wissen, dass das Geschwisterschaftliche mit allen Wesen ganz real in

Mir den Ursprung hat sowie in jedem Menschen sein Bewähren. Mit der Verwirklichung der gottgewollten Solidarität geht die Erkenntnis der Allliebe unbedingt einher die das Weltensein zu einem Garten Eden stilisieren will mit offenem Visier und freundschaftlich verschlungnen Händen. „Ich mache alles neu", ist dir von Mir als Sinngedicht mit auf den Lebensweg gegeben. Du brauchst dir Meiner Stärke in dir nur bewusst zu werden und schon sprudeln wunderbare Quellen des Vertrauens und der Unbeschwertheit um dich her. Dass du Bist in Mir wirst du sogleich erfahren mit dem ersten Hahnenschrei am Morgen deines Seins in Meiner göttlichen Gebärde der Allherrlichkeit im Dort und Hier, im Unten, Oben wie in dir und deines wunderbaren Wesens sagenhafter Geistkultur.

5.12

Die Kraft des Willens sollst du niemals unterschätzen, die dich ohne jeden Zweifel stetig zu Mir führt. Durch die seinsverbindende Räson gewinnst du was der Seele heilig ist und wunderbar, doch erst der Wille stösst behende in die Tat was vordem reiner Wunsch gewesen.

Die Menschenwelt verändern heisst für Mich dir treffliche Ideen einzuflössen die dich dazu animieren dein Geschick und das von vielen gehörig in die Hand zu nehmen um es zur Vollkommenheit zu stilisieren. Da gibt es manche Episode die erst durch Versuch und Irrtum und Verbesserung das rechte Mass und die geziemende Bedeutung findet unter denen die sich als gewiefte Meister ihres Handwerks hergerichtet haben. Du magst in vielem noch versagen, doch im Überschauen deiner Situation kann Ich dir stets die richtigen Impulse zur Beförderung vergeben, die dich schliesslich reüssieren lassen im allweltlichen Betrieb.

All so behaupte Ich Mich souverän und noch von vielen unerkannt in deinen Niederungen und bedeutungsvollen Nöten. Trotz Widerständen und beschwerlicher Sanierung erwächst aus manchem Wirrwarr mählich eine Harmonie der Geister und Gegebenheiten, die sich wahrlich sehen lassen kann und die Begeisterung erweckt in vielen die vordem noch kräftig schliefen.

Du siehst dich immer inniger liiert mit dem was Ich dir Bin und traust dich auch in vielen Fällen in das sogenannte Nichts zu fallen, weil du schon zum voraus weisst, du wirst in Meinen Netzen landen und das Abenteuer wird im Guten und Gerechten enden so wie es der Herr der Welten für sich intendiert und ausbedungen.

5.13

Jeder Maharadscha lebt und wirkt zeitlebens unter der Ägide seines gewaltigen Namens. Ich hingegen habe es nicht nötig etwas vorzuweisen was Mich unterstützt und ehrbar macht in Meinem Universenreiche. Ich Bin per me das in sich selbst gefasste Vorbild aller Taten die im Weltenall geschehn. Das lässt die Mächtigen in Welt- und Unterwelt erzittern, wenn sie nur schon daran denken was geschehen könnte, unverzüglich, sowie Ich Meinen Zorn und Meine Züchtigung gewaltsam über sie erösse. Ihre Blässe soll dich lehren wie man mit Mir umgeht: forschend und besänftigend, dass weder Ursach noch akute Dringlichkeit besteht vernichtend in ein Dasein einzugreifen.

Meine Langmut ist ein gutes Omen für dein Tun, denn sie verhindert manchen bösen Streich den Ich dir rechtens zu verpassen hätte ob der Arroganz in deines Handelns Spiel. Doch gerade deshalb wird dir dringend von Mir angeraten keine weitern Schritte von Mir weg zu tun, damit das Unheil über deinem Haupte sich verzieht und sich der klare Himmel lichtblau über dir verbeiten kann zu ewigem Genügen.

Es gibt so viele Varianten adäquaten Herrschens über Mein unendliches Besitztum, dass sie niemand zählen kann, geschweige denn das bisschen Wohlverstand in deinem eigenen Gemüt. Dem Immensen steht in dir ein veritables Nichts entgegen, das keine Chance hat auf sich allein gestellt davon zu kommen.

Heissblütig stehst du da und knabberst an der eignen Schale um dir Linderung und Spielraum zu verschaffen. Doch der wahrhaft grosse Wurf, der dich saniert und gängig macht, wird dir auf keinen Fall gelingen ohne Mein Dazutun in den wesentlichen Punkten die da sind: Die Urkraft göttlichen Belebens, das Bewusstsein immanenter Geisteskräfte die von Mir und Meinem unerschöpflich dargebrachtem Ressort stammen sowie die Sanftmut Meines leise Dich-Hinüberführens ins elysische Gefühl der Seinsgeborgenheit und Sittenreinheit in der Grossmut Meiner götterlichten Schalen.

5.14

Was du immer dir erhoffst soll zuallererst von Mir geprägt und gutgeheissen werden, damit die Prophezeiung sich erfülle die da heisst: Du bist des reinen Seins Gepläkel und Gefährt, Buchwille und Verschriebenheit im Land der Träume das dich ständig ins Erwachen drängt zu Mir und Meinen Iterationen. Es ist der Wünsche unanständiges Geschwader das dich nach Erfüllung suchen lässt, die du jedoch nur spärlich findest im profanen Leben. Ich will, dass du mit jedem Schritt den du im Irdischen vollziehst zugleich dem Höherwertigen, Unendlichen entgegengehst in deinen Wallungen, Verrenkungen und massiven Illusionen.

Das Schräge musst du endlich lassen, wenn du dich Meinem Schauplatz, Sinngedicht und Ebenmass verschreiben willst in deinen weis gewordnen Tagen. Du kannst nicht Mir dem allerhöchsten Herrn und zugleich einem Niedereren dienen. Merk dir das und fasse Mut für alles was dir wirklich frommt und eine Ahnung der Allherrlichkeit und Gottesgüte hinterlässt in deinem vielbewegten Blute.

Mach dich auf um von der vielgerühmten Drei zur Zwei und endlich dann zum grandiosen Einen zu marschieren das Ich Bin und das du sein wirst im Erkennen deiner innewohnenden Wahrhaftigkeit, Identität und kolossalen Einigkeit mit Mir dem Allgerechten und Erhabenen in Gottgefälligkeit und Lebenssüsse.

5.15

Dem Hof des Guten Willens und der Tatkraft sollst du angehören, damit dein Leben Licht und Ziel erhält im unermüdlichen und resoluten Vorwärtsstreben. Du machst es gut, wenn deine Seele nimmer ruht bis sie den Weg zu Mir und Meiner Geistesherrlichkeit gefunden.

Was hast du nur in deinen Felsengängen und Vereinzelungen, dass die Unrast dich befällt und du zu keinem Ende kommen kannst in der Vielzahl deiner Unternehmungen und Skizzen, Machbarkeiten und verblassenden Erinnerungen an das was einmal war? Du fühlst dich ganz allein gelassen mitten in den volkbelebten Lebensgassen, weil die Menge nur sich selber aber dich nicht sucht. Das ist der Punkt wo du dich ernsthaft fragen sollst nach dem Woher, Wohin und nach dem Sinn des ganzen Volkstheaters das du mitzuspielen hast auf deine Art und oft nur mit der Klugheit der Banausen.

Da siehst du plötzlich, dass es allen gleich ergeht, die sich den Status quo verbindlich überlegen. Die Gleichgesinntheit und Gesittetheit fällt dich wie ein geheimer Zauber an und lässt dich solidarisch werden mit dem Herzweh aller und dem Übermass an Weltennöten. Damit aber regt das Übermenschliche sich in deinem Busen, das Ich Bin, und das die Weltgemeinschaft mit den Fäden des Bewusst-Seins überspinnt mit einer Schöpferkraft von grandioser Grossmanier. Sie trägt und hegt und bildet alles was da *ist* in evolutionenlangen Kämpfen und Berichtigungen, Statuten und Veredelungen um bis ins profane Spiessertum hinab sich selbst zu stilisieren und zur Sommerblüte hochzutreiben im von ihr gesegneten Allhier.

Ich kann von Meiner Gotteswürde nichts verlieren, wenn Ich in die trauernden Gemüter tauche um sie aufzurichten und ihnen das Vertrauen einzuflössen in ein aberwilliges Miteinander mit demselben hochgebenedeiten Ziel.

Nur *Ich* Bin etwas nütze wo es wahrhaft Nützliche braucht; nur das Momentum Meiner Kräfte reicht dazu den Gang der Welten zum Erhabenen und Einzigartigen zu führen. Wenn das erreicht ist fällt die Meinen, die da *sind*, ein Jubel an von immanenter Schöne der sie reich belohnt für alles was sie auf dem Weg zu Mir erdulden mussten. Doch nun ist Friede, Weltenfreundschaft, Heiterkeit und Ruhe in ihr Herz gezogen. Sie haben sich in Mir gefunden genauso wie Ich selbst zu ihnen kam, das heisst, zu dir um deines Wesens Sein und Sinnkraft, Wandel, Wiederkunft und Sendung aufs Intimste zu beglücken.

5.16

Wer webt hat auch ein Schifflein zu bedienen. Das Bin Ich und du im Geistessinne der da herrschen soll landauf landab in allen menschlichen Gemütern. Du sollst von Mir wissen was im tiefsten Grunde regulär ist, plangestrichen und bekömmlich in des wahren Lebens pittoreskem Spiel. Es ist das wunderbarerweis vom einen bis ins Tausendste Gefügte, das sich in sich selbst in auserlesner Harmonie und Friedefertigkeit bewegt und das Ich Bin in Geisteswachheit, Allpräsenz und Liebenswürdigkeit auf allen Evolutionenstufen.

So wie *Ich* in allen Daseins unermessliche Textur geflossen, bist auch du mit Mir vergossen und kannst dich ihrer nimmermehr entziehn. Es walten und schalten die mächtigen Triebe, es gleiten der Zorn und die Liebe durchs Weltental hin. Doch hieroben im göttlichen Sein ist allein was die Liebe verkündet zu spüren. In ihrem verströmenden Lichte herrscht Klarheit im Geistraum und Wachheit im Denken und Reinheit im sich verschwebenden Seinsgefühl. Das Allgöttliche atmet die Fülle, ihr Odem ist Reinheit in formloser Zier und ihr Wesenseins überragendes Attribut ist der Kraftfluss der alles belebt und begütet. Im Sein ist die Stille zu lesen, des Schweigens beglückende Spur und was ist ist schon immer gewesen im Wohllaut der Himmelskultur.

Glockenrein ist die Stille der reinen Vernunft die Ich seinsbewusst und entschieden vertrete. Dem Unendlichen Bin Ich geweiht das sich in gediegenem Denken und Fühlen und seligen Wonnen ergeht. Willst du das Ungeborene schauen so schaue Mich an und schaue das Wesen das, sich selber vertraut, im erstrahlendem Geistraum agiert.

5.17

Das Obere muss das Untere teuer bezahlen. Alles Geschaffene hat seinen Preis und der ist mit Gottessubstanz zu begleichen. Dort wo Ich Lebendiges

Bin stösst sich das Sein ins Reale und hat das damit Verbundne in Schmerz - und Beglückung zu kosten. Es ist ein Universenkreislauf den Ich am Rand Meiner selbst inszeniere, derweil Ich vom reinen Sein ins Universale emergiere, um nach Äonen wieder, als Bewusstgewordenes, zu ihm zurückzukehren.

So einfach kann für dich die Rechnung über deine Seinsbegriffe niemals abgehandelt werden. Du weisst in deinen Tiefen nicht woher du kommst und dann wohin du gehst in deinem noch so tüchtigen und bodenständigen Philosophieren. Solang du die Natur als In-sich-selber-Wachsendes, in Evolution Befindliches, betrachtest vom sogenannten Urknall bis hinauf zum Menschenwesen irrst du, denn du kannst das Allerhöchste geistvoll Fühlende und Intellektuelle, das Ich darin Bin, mit deinem menschlichen Verstand nicht konstatieren.

Erst die konsequente und entscheidende Belebung des Bewusstseins kann dir deines wahren Seins Befinden, geistige Potenz, Erhabenheit und Unermesslichkeit beglückend offenbaren. Du schaust dich selbst aus Meiner Perspektive gütestrahlend an und gewahrst, dass Ich in dir Mich selber Bin in wunderbar besonnenem Frohlocken. Das ist dann Erkenntnis pur von dem was *ist* im seinsintimen Geiste der Natur, die Meines Eigenseins Partikel und Fibrille darstellt alleweil in deinen zwiegeteilten Niederungen.

Mir allein ist es gegeben genialisch Richtungweisendes zu pflegen und die Dinge deiner Welt wie Meiner mit Sinn und Heiterkeit, profunder Redlichkeit und Glorie des Allerhöchsten zu beleben. Ich Bin dein Vorbild und Erlangen, deines Hierseins Kapital und deiner Lebenswonne liebevoller Spender und Pulsar.

5.18

Was die Sterne singen singt dein Herz behutsam mit im unerhörten Weltenschwingen durch bewundernswürdige Äonen. Du fibrierst in einer sagenhaften Vielzahl von geheimnisvollen Obertönen, die das Klangbild, das du um dich her erzeugst, aufs Wunderwirkendste verschönen. Irgendwann entschwindet Mir die Lust das Exquisite mathematisch auszuzählen und Ich lasse Mich nur noch vom geisterhaften Wohlklang, der Mich liebevoll durchströmt, aufs Zärtlichste verwöhnen.

Was will denn das mit mir, magst du, zuinnerst angerührt, dich fragen? Und Ich sage dir: Es weisst auf die intense und beglückende Verbindung hin die Ich im Geisteshaushalt mit dir pflege. Dir öffnet sich die selige Bewusstheit von der bravourösen Integration ins göttliche System an welchem die Geringsten wie die Überragendsten der Geister ihren Einklang und ihr Wohlgefallen haben.

Bist du bloss ein winzigs Wichtlein oder eben ein markanter, vielbeachteter und wohlgestalter Zacken in der Krone des allherrschenden Gebieters, der Ich Bin, so darfst du doch beständig Meine Nähe und Besorgtheit, Wohlgesonnenheit und Initiative in dir spüren. Dich regt Mein Sein und Denken, Wollen und Empfinden zu demselben Paternoster guter Taten an, die Ich ständig und erfolgreich inszeniere. Im Anerkennen Meiner Künste, Günste und Gepflogenheiten schaffst du dir bei Mir ein Renommee von überweltlichem Bedeuten und darfst dich ohne Skrupel ständig in ihm wiegen.

Ich fache deines Seins Gedanken zur verehrenswerten Fülle an die dir wohl ansteht, zusteht und begrifflich ist in deinem Dich-Begründen. Alles Weben, Beben, Streben und Beleben hat sich schliesslich doch gelohnt, derweil du an das grandiose Ziel gelangt bist Meiner Tradition und

Addition der Seinsverständigen an Meinem Hofe. Das geschieht wo aller Augensterne strahlende Begeisterung blinken und die liebenswürdige Gottseligkeit sich ins Unendliche verweht, wesenhaft und wirkungsvoll, wahrhaftig und in Meinem Sinn gediehen.

5.19

Unter deiner Würde ist gar viel, darüber aber Bin nur Ich der dich am Wickel hält, am Zwickel und Geblickel über Generationen. Du sollst nicht glauben, dass dein Tun und Lassen nur für einmal aufflammt, um dann unwiederbringlich ins Verlöschen und Vergessen zu versinken. Alles was von dir geschah, bleibt, ins Weltgedächtnis eingeprägt, für alle Zeit erhalten und wird dir nach dem letzten Atemzuge von Mir vorgehalten. Du erkennst daran was Recht und Unrecht war und wünschest bald einmal das Mangelhafte auszugleichen um endlich doch einmal als makellos Gewordener vor Mir zu stehn.

Die Gravuren der Mutwilligkeit in deines Lebens Parodie werden seltener und sänftigen sich mählich zu harmonisch eingebrachten Schwingungen von wunderbarer Grazie und graziösem Wohlklang in des Gottes lauschendem Gemüte.

Das ist weil Ich in deinem Kontex eben Meinen gutgesinnt und brüderlich verwalte und im Weltensinn aufs Trefflichste erhalte. Siehst du darin das Ausgezeichnete, von Mir Verliehene, gefällig an, so wirst du dich begeistert daran halten und fürderhin bewusst und heiter, farbenfroh und freudevoll auf Meinen wunderbar gepflegten Höhenwegen halten.

5.20

Dem Wohllaut der Allherrlichkeit verschrieben sollst du treu und sehr gesittet durch die Lebensgassen gehn. Trittst du auf so trete unbedenklich in die Stapfen die Ich vor dich hingelegt und für dich ausgemessen habe. Die Leute werden staunen über die Gewandtheit deines Stils und sich Wohlgesinntes in die hingehaltenen Ohren raunen. Du weisst indes, wie sehr Mein Einfluss dir zugutgekommen ist und wie geschickt Ich dich vorbei an Fährnissen und Fallen, Fangstricken und tückischer Verführung führte. Immer ist es deine heikelste und anspruchvollste Sache die Ich zu der Meinen mache, um der seinsgalanten Lösung Willen, wie um dich als seriös und sittenstreng zu präsentieren. Es lohnt sich alleweil mit Mir und Meinen trefflichen Ideen gleichzuziehn, die dir von Kühnheit, Überlegenheit und Wohlverstand ein burschikoses Liedchen singen. So einfach könntest du selbst das Komplexeste galant und konsequent zu deinen Gunsten inszenieren, wenn du nur Geschmack an Meiner weisen Führung fändest. Doch du zögerst, zitterst und verzagst nur allzu oft, weil dein Vertrauen schütter ist und hundert Wenn und Aber deinem Vorstoss den Garaus bescheren.

Tu nicht so als ob es gar nicht anders ginge, denn Ich habe dir genug bewiesen was für hocherhabne Ziele schwungvoll, ehrenvoll und zünftig zu erreichen sind mit mustergütigem Verhalten, strahlender Bewusstheit und gottgesegnetem Genie. Das sind die Pfeiler die auch deine Hallen der Vernunft, des fliessenden Elans sowie der Wonne am Erfolg wie der Bewunderung der vielen tragen.

Versuchst du das zu deuten so deute nur auf Mich, der in dir amtet und regiert, ja sagt und negiert in voller Weisheit und mit dem Bewusstsein eines Gottes der dich liebt und fördert, heiligt und von deinem Eigensinn erlöst.

5.21

Ohne Kämpfe geht es nicht, doch sind sie leichthin zu bestehen, wenn Ich dir Meinen Schild zur gottgefälligen Verfügung stelle. Wohl hast du in guten Treuen selber auf dich acht zu geben, doch die alles überragende Behütung kann sich nur in Meines Namens Wohlfahrt und unendlicher Gewähr vollziehn.

Patenschaften übernehme Ich nur in besondern Fällen, in denen der von Mir Gesegnete ein Mittler zwischen Erd und Himmel, oben, unten, Götterblick und Menschenlage werden soll. Das braucht besondre Führung, Fügung und dezentes gotteswissenschaftliches Erläutern. Du hast ja keine Ahnung mit welchem siebenfachen Feingefühl Ich jede weltenschaffende Gebärde austariere, um sie dann in hierarchischer Verbindlichkeit von Meinem hocherhabnen Thronen bis zum allmenschlich minikrimen Wohnen niederwärts entlasse. Willst du ein profunder Kenner der Materie von göttlicher Brisanz und Sittenstrenge sein, so lasse dich direkt von Mir aufs Innigste und Köstlichste belehren. Das befähigt dich den Völkern das Geziemende und ewig Wahre voll Begeisterung und Wesenstreue anzusagen. Jeder der auf deine Stimme hört wird zugleich auch auf Meine hören und wer sich Meine Weisheit merkt und einverleibt und nach ihr handelt wird sich am Puls der Gotteswelt befinden, die allzeit wach und rüstig, seinspotent voll Grazie hinter allem steht was *ist,* um es seiner inherenten Wohlfahrt zuzuführen.

Betrachte dich als Seinsgesegneter von allem Anfang an und versuche dringlich dich an Meiner Hand ins paradiesische Bewusstsein hochzuheben. Nimmer schaffst du das allein, da müssen zwei am Werke sein, die doch nur eines sind in Meiner abgerundeten Philosophie der geistigen Gegebenheiten wie der lichten Wesenswelt zu der Ich alles feingesinnt Gewordene voll Liebe heimwärts hole. Das wirst auch du im Zuge der herzinnigen Vernünftigkeit erfahren, mit der die Weisgewordenen begabt sind, hemmungslos und liebevoll, vertraulich und von Mir beseligt.

19. Januar 2016 Nr. 5692

In Meinen Hallen ist besonders auch Geruhsamkeit vonnöten, die die Menschen ganz bewusst und innig pflegen sollen als in Meiner mustergültigen Manier. Selbst die Fernsten sind Mir unwahrscheinlich nah sowie sie ihren Habitus in Meinem Sinn verändert haben. Diese regelrechte Perspektive mag dir zum Bewusstsein bringen, dass dein wahrer Fortschritt nicht im Reisen in die Kreuz und Quer besteht, sondern im Vertiefen dessen, was du von Mir weisst und von der Art und Weise wie du dich im täglichen Gesummse und Gebrumm zu präsentieren weißt. Es gilt die Wanderwege zu verkürzen indem du ganz bewusst in deinem hemmungslosen Hasten innehältst um jeden Tag für wenig Zeit die Schönheit deines Da-Seins vor dem Herrn in dir zu spüren.

„Deine Kräfte sind die Meinen," wird dir bald einmal bewusst und kundig werden, wenn du deine eigenen ins rechte Licht gesetzt hast und damit Meinen alles überragenden den Vorrang und die Vollbeschäftigung gewährst. „Der Geist weht wo er will", wirst du versucht sein Mir ins Angesicht zu sagen. Doch wird er sicherlich dorthin gezogen, wo die Seele Licht und klare Diktion erfleht. Auch deine Situation gewinnt enorm an Wert sowie du sie in Meine Mitte stellst und dich allüberall von Mir umgeben weisst in deines Geistes Kümmernissen und gewichtigen Veränderungen, Meiner Klarheit und Erhabenheit entgegen. Du brauchst weder blitzgescheit noch goldbetresst zu sein, um vor

Mir als reich im Geiste zu erscheinen. Denk darüber nach wie arm so viele Wohlbetuchte sind, wenn sie nur sich und ihren Reichtum hüten, statt dass sie ins Weltensein hinausgehn, um es mit ihren Werten zu befördern und herzinnig zu beglücken.

Das Drama allen Weltenschaffens

6.1

„Platz da – ich komme", soll für dich nun ein für allemal vorüber sein, derweil du Mich in dir willkommen heissest ohne jeden Vorbehalt im offenem Gemüte. Wie könnt es anders sein als dass dem Weltenmeister ehrerbietig Raum gegeben wird für seine Aktionen und dass das Allererste ihm gebührt wo immer er erscheint im leisen oder prächtigen Erscheinen. Da gilt es für dich haargenau zu unterscheiden zwischen dem was du dir illusorisch bist und dem was Ich Mir Bin in dir. Es ist das Drama allen Weltenschaffens, dass in der unendlichen Vereinzelung einjeder sich als sakrosankter Herrscher über seine kleine Welt erkennt und ohne zu gewahren, dass Ich sein Feld sowie sein Umfeld simultan beherrsche als der Eine in des Universums Glorie und Geistquartier.

Du tätest gut daran in deinem Eigensein fürs Erste höchst bescheiden aufzutreten, solange bis Mein Sein in deinem festen Tritt gefasst hat nach des allewigen Begehren. Dann wirst du selbstverständlich Mich gewähren lassen in der Fülle deiner Taten wie im ausgezeichneten Benehmen als von Mir und Meiner Götterschar getan.

Reden über Dinge die da *sind* ist leicht getan, doch ihrem Anspruch zu genügen fordert ganz enorme Kräfte, die dir als von Mir zur seinsgefälligen Verfügung stehn. Du musst sie nur als deinen Reichtum anerkennen, wie als das allwirkende Agens der Gottesgüte die dich bildet, frei gewähren lässt und zugleich ständig eines Besseren belehrt.

6.2

Was immer Ich gewähre ist für alle Welt getan und wen auch immer Ich mit Meiner Gegenwart beehre braucht mitnichten mehr zu Bangen in des Weltentönens täglichem Geklapper unter noch so vieler kitzekleiner Könige Regie. Empfinde das Gesinde das an Meinem Hofe Wunderbares leistet durch die weitgedehnten Räume auf und nieder, her und hin. Die Geister Meiner Treu und Liebe zollen allem was von Mir kommt auserlesenen Respekt und lassen es in keiner Weise mir nichts dir nichts ins fatale Unheil fahren. Viel mehr gleiten sie gekonnt heran wo Hilfe nottut und sie lindern Seelenschmerzen durch Verbreiten trefflicher Gedanken die in jedem Falle höchst willkommen sind.

Die Pforten Meines Reiches sind nur denen offenbar die sich nach Meinem Plaisir weltgewandt und krisensicher zu benehmen wissen. Der gloriose Eintritt in den Himmel Meiner Gunst und Glorie, balsamischen Gestilltheit, Friedefertigkeit und Wesensruh kann jederzeit erfolgen sowie es dir gelingt dein Seinsvertrauen aufs Entschiedenste zu aktivieren Meiner Herzensgüte zu.

Es mögen noch so viele Weltendinge arg im Desolaten liegen, deine werden es nicht sein ganz nach dem Mass in dem du Meines Gegenwärtigseins in deines Wesens Umkreis sicher und gewahr bist. Das bringt dann die grosse Wende in den Gout am Leben, den du dir erwogen und gesichert hast in so und so viel anspruchsvollen Jahren. Meine stete Nähe adelt und veredelt was du Bist, du darfst Mich nur nicht von dir stossen durch Gedankenlosigkeit und Missmut, Überheblichkeit und klägliches Versagen. Mein Einfluss ist in jedem Falle matchentscheidend und enttäuscht die Hoffnung Meiner treuen Bürgen nie. Sie dürfen sich für alleweil wie im Elysium fühlen mit der Gewissheit, dass des Allerhöchsten Hauch sie zur Vollendung stilisiert in ihres Wesens gottbegnadeter Allüre.

6.3

Kasteiung ist nicht nötig, aber Disziplin in Sachen weidenschlanker Wachheit im Agieren, um das Gros der Lebensprüfungen mit Bravour und Würde zu bestehn. Bald kannst du dir ein Kränzlein winden ob dem ausgesprochen richtigen Verhalten das du Mir all wie ein köstliches Geschenk entgegenbringst in deinem wohlerwogenen Verhalten. Niemals sind die Prüfungen von Meiner Seite übergross so dass du alle guten Willens und verlässlichen Agierens mit Bravour bestehen kannst. Es gilt das Dasein richtig einzuteilen in natürliche Geschäftigkeit und seelenvolle Geistesruh in welcher du dich Meines Odems Gegenwart erfreust und Meiner Güte ganz gewiss Gewahr wirst unter immanenten Herzensfreuden. Was kann schöner und bekömmlicher sein als sich bewusst in die Gefilde höchster Ordnungen und Harmonien zu begeben. In ihnen blüht die Seele auf und kann sich regelrecht entfalten in dem Gottessinne der allüberall das Zepter führt im Sein und seinem wunderbar geselligen Erlaben.

Ich wette, dass dir Meiner Rede Sinn und Anspruch spanisch klingt. Doch musst du wissen, dass sich dein Bewusstsein von der Welt beständig weitet und somit konsequent auf das Begreifen dessen zustrebt, was Ich von dir will und was dich glücklich machen wird in deinen sehnsuchtsvollen Seelentiefen. Mein Bewusstsein schliesst das Deine ein und nährt es mit Vorzüglichkeit im Denken und Gefühl in deinen anspruchsvollen Niederungen. Bald wirst du von Mir erhöht sein und die Perspektive deines Daseins ändert sich von kritisch auf bestimmt im Seinsgenügen und von zimperlich auf seinsbewusst im wohlgesetzten Vorwärtsschreiten.

6.4

Die Gezeiten deines Seins erhöhen dich und senken, und du bist ihrer Willkür preisgegeben allsolange wie Ich dich nicht voller Sanftmut ins Unendliche erhebe. Mach dich dieser Gnade würdig durch den Anspruch den du an dich stellst und dein Gehaben in Sachen Zuverlässigkeit im Reich der Tugend, dessen unbestrittner Herr Ich Bin. Voll Inbrunst sollst du allem angehören was dich Mir entgegenführt, denn ohne Mich kannst du nicht sein und ohne Meine weltumspannende Gebärde der Barmherzigkeit gedeiht kein Leben. Meines Innewohnens wirklich kundig kann nur Ich in allem sein was Meine Tatkraft sich erschaffen, und wahre, wache Herzensgüte walten lassen kann nur der dem alles angehört als sein unendlich köstliches Idol.

Willst du Meiner würdig sein so zeihe dich des Unvermögens aller Art und Weise vor dem Angesicht des Herrn, der sein allheiliges Besitztum überwacht mit Sperberaugen. Du bist so klein und riesengross wie Ich es in dir Bin als gestrandetes und zugleich wohlbewandertes Partikel Meines Universenseins, an dem die Weltendinge sich seit Urzeit wie am Nabel unzertrennlich halten.

Wozu denn bist du bange um dein Weiterkommen durch des Lebens bittersüsse Bouillabaisse von tückischen Substraten, da doch Ich es ganz persönlich Bin der dich geflissentlich durch alle Windungen und Widerspenstigkeiten liebreich führt zum sternenleichten Wohlbehagen. Gesinnung und Gesittung eines Heiligen jedoch sind dir vonnöten um dich dessen würdig zu erweisen was Ich für dich vorbereitet habe: Nämlich die Erkenntnis der Erhabenheit des reinen Seins an dem, noch unbewusst, die Wesen alle hangen, derweil sie von ihm ausgegangen sind und ohne jedes Wenn und

Aber wieder zu ihm weiterschreiten müssen in der wunderbar evolutiven Sinnspirale Meiner Provenienz und Prophetie.

6.5

Überleg dir gut was letztlich resultieren soll aus deines langen Lebens kämpferischer Signatur und wohlbegründeten Allüre. Du bist vom selben Schrot und Korn wie Ich es Bin, wenn du bedenkst aus welchen Geisteshöhen du hinabgestiegen. Abgesondert lässt sich nur in seltnen Fällen prächtig leben, ausgemustert noch viel weniger, doch ohne Mich schon gar nicht mehr. Das will heissen, dass von Mir zu dir sich eine Lebenslinie zieht von alles überragendem Bedeuten. Kappst du sie, verlierst du das Bewusstsein von den ewigen Werten die dich vordem wunderbarerweis beseelten und dein Dasein fällt dem Unbewussten, Pitoyablen zweifellos anheim.

Was du nicht weisst kannst du nicht wollen und was du so entbehrst kann nur von Mir ersetzt und ausgebessert werden. Dies Angebot trifft sich mit deinem unbestimmten Sehnen nach Gerechtigkeit und Liebe, Seinsgeborgenheit und Heiterkeit am Dasein friedevoll, wahrhaftig und gediegen. Gewahrst du diese kapitale Konstellation und nimmst die Chance überirdischen Gedeihens wahr betrittst du eine für dich neue Welt des göttlichen Begabens. Du schweigst derweil Ich deinem Innern alles was dir frommt in fabelhaften Bildern offenbare. Du fällst in Andacht vor der Fülle des bewegenden Geschehns das dir die Seelenaugen öffnet zum tiefinnigen Ihr-Sein-Begreifen.

6.6

Monumental und innig zugleich ist des Lebens alldurchströmendes Erscheinen das Ich Bin in dir und deinen vifen Präsentationen. Was immer sich gebärdet, reckt und streckt sich Meinem Universensein entgegen, das er nie verlassen kann sondern nur vergessen und verleugnen, desolat und folgenschwer. Wer Meiner spottet spuckt die Perle aus, die ihm in Mir zur Herrlichkeit gedeihen sollte. Statt im Gestilltsein Meine Geistwelt zu gewahren watet er durch pralle Sümpfe und verliert sich simultan in wilden Spekulationen. Dereinst gelingt dir alles was du weidlich wachsen siehst im Wissen, dass es Meinen Garten zieren wird im Zug unendlicher Manieren.

Klare Linien sind vonnöten im von dir begriffnen Geistgebiet, Höhenzüge der Vertraulichkeit mit Mir die Ich noch so gern mit mannigfachen Geistesgaben fürstlich honoriere. Du bist dir kaum bewusst wie viel vortreffliche Gedanken dich von Mir berühren damit du sie ergreifst und mit den deinen zu Gestaltungen und Aktionen stilisierst die sich vor aller Augen wahrhaft sehen lassen können. Ich schaue gerne zu wie du für solche gottbegnadeten und inspirierten Taten reich mit Lob bedacht wirst von der figalanten Jury, die sich mit ihrem Urteil nur auf dich beziehen kann im weltlichen Betrieb. Du aber hast begriffen wie die Lebensdinge alleweil mit dem Allewigen zusammenhängen, das in seiner Weisheit, Güte und Gelassenheit spontan zum Rechten sieht und zum begeisternden Erfolg in allen von ihm wohldotierten Disziplinen.

6.7

„Wo man singt da lass dich nieder", ist ein vielgehörter Sinnspruch, um die lauschenden Gemüter zu erheitern und ihnen festen Stand im all so hügeligen Lebensterrain zu verleihen. Unbeschwert zu sein ist eine Kunst für reine Seelen die sich keine Sorgen um die Zukunft machen nach dem Motto: Was die

Vöglein auf dem Feld und in der Stadt ernährt, das wird auch Mir genügend Nahrung bringen, dass Ich leben kann in Anstand und Besinnlichkeit auf die gefälligen Seiten meines Daseins im Allhier. Das stille Glück des Seins an sich ist jenen vorbehalten, die in sich die Liebe zum Natürlichen und Wohlgesetzten spüren. Sie leben in der Disziplin der Wohlgeordnetheit und Sitte, deren Lobgesang den so Bedachten gar lieblich in die Ohren klingt und sie dafür gewinnt, das Leben schön zu finden in der Qualität der Hoffnung auf das Bleibende und Motivierende in ihm.

Um schöpferische Friedefertigkeit und Anmut zu erzielen braucht es im Grund genommen gar nicht viel. Du brauchst nur wenige Talente aus dem Grund der Seele auszugraben und recht spielerisch mit ihnen umgehn und schon hast du dich im Milieu der Weisen eingebettet, die sich das Lebendigsein zu einem Freudenfest gestalten, schöner geht's nicht mehr.

Das Künftige der Welt liegt in der Einsicht, dass für alle das vorhanden ist was Leben leben lässt, gedeihen und geselligsein im Einklang mit der menschengöttlichen Natur. Dazu gehört die Einsicht, dass die Menschen wirkliche Geschwister sind im Geistessinne als von Mir geschaffen und geliebt, mit Mir verbündet und vollends an Mich verloren. Ich hole alle heim die sich wie arg verirrte Schafe noch benehmen. Ich pflege die Gemüter aufzuheitern und sie auf den Weg der perlenden Gottseligkeit zu führen. Meiner Art und Weise kannst du willig und vertrauensvoll Gefolgschaft leisten bis zum Punkt wo du dich wohlgeborgen und erhaben siehst in Meinen liebevollen, lichten und beseligenden Sphären.

6.8

Eine Seelenanamnese soll dir zeigen wo du noch der Hilfe und des Trosts bedarfst um heil zu werden wie um kreuzfidel und hurtig zu Mir hinzuschreiten. Im tiefsten Grund genommen bist du schon bei Mir und solltest nach den Seinsgesetzen handeln, die da sind: Vertrauen in Mein Sein im Sein in dir, Gottergebenheit und Redlichkeit den Menschenbrüdern gegenüber. Wie himmelweit sind allzuviele noch von der Beachtung dieser doch so simpel scheinenden berühmten Dispositionen. Das hängt mit deiner Wachheit und Bewusstheit eng zusammen, die noch wenig aufgeschlossen und entfaltet sind im Gegensatz zu Mir der sich des vollen Seinsbewusstseins rühmen und erfreuen kann in allen irdischen und Geistesregionen.

Diesen abgrundtiefen Unterschied und Mangel auszugleichen bist du da und bist aufs Dringlichste gehalten vor dir wie vor Mir als Meister und Beherrscher deiner selbst und deiner Kapriolen aufzutreten. Was du tun sollst weisst du ganz genau, doch was du dir erlaubst ist himmelschreiend, töricht und naiv, lieblos, eigensinnig und verächtlich allem gegenüber was dich zur Besinnung mahnt wie zur Freundlichkeit und Freundschaft in des immanenten Gottes Namen.

Wache auf, ruf Ich dir permanent entgegen und geselle dich zu denen die da gut sein wollen und es mählich sind vor Mir wie vor den Augen ihrer Seinsgeschwister die der Liebe und des Mitleids, der Vertrautheit und der Friedefertigkeit wie nichts bedürfen. Das alles ist so wahr und wuchtig wie die Sonnensterne die am nächtigen Himmel fürbas gehn. Sie weisen dir den Weg ins unermessliche Gedeihen und sind dir Zeichen der Unendlichkeit in der die Wesen alle *sind* und ihr geliebtes Sein erleben. Du bist wie Ich des reinen Seins Vermählter und Galan und brauchst dich nur an all das zu erinnern womit du so geworden bist wie du dich gibst in deinen Daseinsrunden. Doch einmal wirst du ebenso erhaben sein sein wie Ich Mich dir vergebe und wie es sich geziemt für Menschengötter, Helden der Genügsamkeit sowie Barmherzige der Liebe die das Höchste ist was sich die Schöpfergeister zugeeignet haben.

6.9

Bitte klappe nicht zusammen, wenn ein Gott dir auf die Schulter klopft und dich dazu ermahnt standhaft, redlich und gewissenhaft zu sein inmitten aller Turbulenzen, die dich im weltlichen Getriebe wild und gnadenlos umtosen. Ich biete dir dafür die beste Unterstützung an die möglich ist in Meinem grandios gefächerten und ausgedehnten Weltsystem. Da ergibt es sich, dass eine Hierarchie von Myriaden planvoll und gekonnt im Einsatz sein muss um ein Weltenwerk von solchen Dimensionen darzustellen. Im Bunde mit den Göttern sollst auch du dich ohne zögern und mit unbedingten Kräften der Vollendung des Allweltlichen in Meinem Sinne weihen als Kreator und Vollstrecker Meiner allgewaltigen Ideen.

Wohin das alles führt kann Ich dir nicht so einfach sagen. Dennoch sind es schon Äonen die Ich Mir in ihrem Grundgehalt erdacht und ausgetüftelt habe. Das muss notgedrungen deinen schmächtigen Horizont bei weitem übersteigen, doch es kann dich seinsvertraulich machen in Bezug auf den der *ist* und der Ich Bin in Sachen Zukunft, zünftiger Pirsch nach wuchtigen Gedanken und fidelen Gottesabenteuern auf und ab und hin und wider. Statt in ein unergiebiges Gerede und Geplapper zu verfallen, von dem was zu erfüllen wäre, packe du an irgendeiner hilfedürftigen Stelle sinnvoll und entschieden an und vollbringe was sich ziemt in Meinen Ordnungen und Meinem himmlischen Gewalten.

Im Idealfall kann Ich unbedingt auf deinen Einsatz zählen der im Dienen an der Welt begeisternd und bewusst vorankommt und sie so zum Besseren verändert nach der Gottheit gütigem, allwissenden Befehl.

6.10

Ein Merkblatt für die Seele: Wenn du Mich gründlich kennen lernen möchtest schleuse dich ins echte Leben, das Ich Bin, und das dein unerschöpflicher Gefährte ist durch Jahre vifen, würdevollen Wirkens. Dein Motto sei: Ich anerkenne geistige Begriffe als reell und wahr und wirksam durch das ganze Leben. Sei gewiss, dass Ich dir täglich, stündlich hundertmal begegne im so intensiven, alternierenden Gedankenspielen. Woher sie kommen und wohin sie dir verfliegen ist dir kaum bewusst und dennoch setzen sie dich in Bewegung und bedrängen dich dies oder jenes allsogleich zu tun nach multicleverem Befehl.

Ich benenne dir die Geisteskräfte die so machtvoll und riskant dahinterstehn mit: Himmelssehnsucht und herzinnigem Verlangen nach Erlösung von der Lebensqual zum einen und zum anderen die Kraft die dich zur Erde bindet und dich wühlen lässt in irdischen Belangen und unzählbar dargereichten Wünschbarkeiten. Dir frommt jedoch die elegante Mitte zwischen oben, unten, dem Zuviel und dem Zuwenig, dem blind Vertrauen und dem Zweifeln an der Seriosität der dargereichten Gaben.

Diese eminente Mitte bringe Ich dir in der Geistgestalt des Christus liebevoll, potent, erhaben und vertrauensvoll entgegen in der Hoffnung, dass du sie erkennst und seine Dienste annimmst im bewusst gewordenen Erleben. Zählst du auf die göttliche Substanz die dich von Meinem Sohn in dir beseelt, kannst du auf deinen Lebenswegen nimmer fehlen. Du reihst dich ins Gespann der Gutgewordnen ein und bewegst damit das Weltgeschick in Richtung Wohlverstand, Allliebe, makelloser Schönheit und unendlichem Gedeihen.

6.11

„Mir geschehe nach dem Wort das ich von dir empfangen werde", sag beständig vor dich hin und bedenke dabei, welchen Vorteil du geniessest, eines Gottes Kind, Vasall, Geliebter und Verbündeter zu sein in allen weltlichen und überweltlichen Belangen. Da ist im Grund genommen nichts Besonderes dabei, denn jede Herrschaft braucht Gesetze um auf Dauer zu bestehn und jede Phase muss bestimmten Regeln folgen, dann werden alle sich verhalten wie *ein* Mann, wie *eine* Frau mit maximaler Effizienz für schmucke Angelegenheiten.

Des werd Ich niemals müde zu erklären, wie bedeutend für das allgemeine Wohl das trauliche Zusammengehn im Gottessinne ist in einer Welt von wunderbar gesittetem Gehaben.

Alles was du auf die Spitze treibst treibst du derweil ins Tal der Unbewusstheit und Unmündigkeit am ganzen gottesherrlichen Gefüge. Dort hebe Ich dich auf von deinem Straucheln und führe dich zum Hügel der Wahrhaftigkeit und Lebensliebe, Freiheit und Holdseligkeit von Meiner Art zu sein und alleweil zu prosperieren. Auch für dich gibt es die Lösung der Geduld an deines Wesens Unzulänglichkeiten. Die müssen erst einmal von dir erkannt und dann behutsam nachgebessert werden. Was das bedeutet kann nur Ich dir sachte in die offene Seele sagen. Was du je fürs Innige in dir gewinnst gewinnst du nur durch Mich der sich in geistigen Belangen bestens auskennt und dich noch so gern belehrt von ihnen.

Das Wunder des Erwachens in Mein Reich kann dir nur im Mass der Zuversicht gelingen, die du in Mein Kommen hegst in deine Niedrigkeit und dienen Sorgenpfuhl. Dort kann Ich deine Banden lösen und dich dabei am Wickel nehmen für den Aufstieg in die Lichtheit Meiner Sphären und Verwirklichungen. Was du in Mir Bist Bin Ich genau so wirklich auch in dir. Ich liebe dich so wie du immer warst und lass dich nimmer, nimmer fahren. Ich hebe dich in Mein Bewahren durch die Kraft von Jesus Christ wie durch sein menschenfreundliches Gebaren. Dein Vater Bin Ich mit dem Sohn und mit dem Heiligen Geiste und Bin dein himmelweiter Lohn für dein Vertrauen wie für das gewisse Etwas mit dem du dich im Weltgewissen etablierst und damit in des Seins Genügsamkeit, Erhabenheit und wunderbar beseligender Harmonie.

6.12

Glanz und Stille sind die Zeichen Meiner Gunst und Kunst dein Wesen in Mir liebvoll zu behüten. Genau darüber kann Ich dir ein Verslein spinnen von unübertroffner Grazie, Grandezza und Geduld am allgemeinen Sein und Leben. So märchenhaft das klingt es ist auch wahr und ist für jede Seele wünschenswert die sich dem seriösen Dasein ohne Vorbehalt dahingegeben. Selbst auf dich trifft diese Meldung zu, derweil für Mich kein Unterschied besteht zwischen hoch und niedrig, reich und dürftig, taubentänzerisch und wohlgesittet bis zum Gehtnichtmehr. Meine Gleichgestimmtheit resultiert aus dem tiefinnigen Begreifen dessen was man unter Liebe und profunder Liebenswürdigkeit verstehen kann. Das wahre Gutsein lässt sich nimmer biegen, ein adeliges Götterherz lässt keinen Unmut zu in seinem Sich-Besinnen auf die wahre Geistkultur. Erhabenheit schliesst Edelmut, vertieftes Mitgefühl und inniges Begreifen als selbstver-ständlich ein in der Gesellschaft feiner Tugenden die an ihm hangen. Bedenke du mit wem du es zu tun hast, wenn du dich Mir nahen willst in deiner recht naiven Art und Weise in der Geistwelt aufzutreten. Da ist Ehrfurcht grossgeschrieben vor der Überlegenheit der Geisteskräfte über deinen sturen Sachverstand sowie die Meinung die du von dir hast in Bezug auf deine Fähigkeiten und soliden Qualitäten. Die habe Ich dir sämtliche voll Güte mit auf deinen Lebensweg gegeben.Du sollst sie hüten und gebrauchen als ein Gut von göttlicher Brillanz und Auserlesenheit in einem. Das will heissen, dass du stets mit Mir auf bestem Fusse stehen sollst, um selbander mit Mir in der menschengöttlichen Gemeinschaft zu agieren. Dann wird Friede herrschen in der Fülle weltumspannenden Gedankenlebens und Gefühls und wundervolle Eintracht unter allen Seinsgeschwistern in des lichten Geisteshimmels allbeglückendem Momentum, Manifest und Liebesmeer.

6.13

Wovon du träumen sollst ist das Flanieren durch den Paradiesesgarten der dir nach wie vor im Geistessinne zur beglückenden Verfügung steht. Du brauchst nur in das Reich des guten Willens und der tätigen Menschenliebe einzutreten um dich seiner ganz bewusst und innig zu versichern. Schöpfe du aus der solventen Fülle Meiner Taten die Gewissheit, dass für alle Gleichheit herrscht in gottesgeistiger Manier die Ich voll Ernst in jeder Situation vertrete.

Was Einer sich erschaffen muss auch von diesem durch die Zeit geführt, regiert und hochgehalten werden, der Ich Bin für immer an der Stelle eins von allen die da ihren Wahrspruch, ihre Macht und ihren Eigensinn verbreiten.

Mache dir bewusst, dass du im Dienste eines Herren stehst der Schönheit will, Wahrhaftigkeit und liebevolle Pflege menschlicher Bezüge zu des Himmels überragenden und limpidezzen Herrlichkeiten. Es ist dir jederzeit gestattet und geraten dich mit Meiner abergründigen Hilfe aus dem Sumpf der Unbedachtheit und der Widerborstigkeit in Sachen gottgefälligen Benehmens frisch und frei herauszuziehn. Hier gilt es demnach auch die eignen Haare nicht zu schonen, statt immer nur dem Fremden deine simple Wahrheit zuzuwedeln.

Zwar lege Ich Gewaltiges in deine Hände zur Entscheidung über es doch was den Weltengang ganz allgemein betrifft behalte Ich das Ruder fest in meisterhaften Händen und erlasse die Gesetze die schlussends zu Ordnung, Harmonie und blütenreinem Herzenfrieden führen.

Ist deine Wahl auf Mich, das geistesweltliche Genie und Medium der Weltensüsse und Vertraulichkeit, gefallen, wird sich deine Zukunft radikal zu einer Zünftigkeit verändern von globalem Wert und von Verdiensten noch und noch im Sinn von sagenhaften Elevationen. Von Mir wird alles was noch niedrig war zur Trefflichkeit erhöht und was dich ärgerte wird ohne Pardon ausgeschieden. Das bewirkt dann eine seltne Seligkeit in deines Herzens Transvestie und lässt die wahren Werte tüchtig vor dir lodern. Deine Züge sind geglättet und dein Wohl aufs Beste arrangiert in Meinem Reich der hunderttausend Festlichkeiten, Lebensqualitäten und bewussten Allegrettos in der wunderbaren Daseins-Symphonie.

6.14

Konstante Treue ist für dich vonnöten um es Mir und Meinem Geistesanhang recht zu machen in des Weltenbaus Geviert und penetrantem Brausen. Das Menschenschicksal untersteht denjenigen der Welten, die von Mir geprägt sind, seit Äonen. Evolution geschieht nicht ohne dass sie jemand antreibt aus unendlichem Begründen. Und der Bin Ich mit absolutem Wohlverstand und einem prächtigen Momentum von titanenkräftiger Gedankenschärfe, dem die Menschlein beinah null und nichtig gegenüberstehn.

Was sich die grössten erdgebundnen Philosophen an eigensinnigem Geflunker leisten ist noch kaum ein Tropfen auf den Stein den *Ich* mit überragender Potenz und Willensstärke angeheizt und bis zum Glühen hochgezüchtet habe. Damit herrscht brillantne Klarheit und Erkenntniskraft in Meinen Rängen die den Deinen himmelweit und gütestrahlend überlegen sind. Das will heissen: Ohne Meine generellen und profunden Interventionen kommst du keinen Deut voran, vielmehr pflegst du dich konstant in deiner eignen Weisheit zu verheddern und wirst aus diesem Grund nur allzu oft im eignen Safte schmoren.

Hingegen resultiert aus Meiner Litanei von meisterlichen Taten eine geistgefügte Ordnung ohnegleichen, die es in sich hat die Weltenzeit an sich voranzutreiben und zugleich mit neu erstandenen Ideen massenweise zu bereichern. Dabei genügt es nicht mehr einfach auf gut Glück zu operieren, denn um wahre Zukunft zu kreieren muss der Kreateur die Ur-Vergangenheit bis zum prägnanten Jetzt im Falkenaug behalten und hat dabei das Künftige schon für gewaltige Epochen abzusehn.

So Bin Ich Wesensgründe zu begründen und Bin, allein mir selbst verpflichtet, dazu angeregt sie voll Eigentümlichkeit und Grazie, Geschliffenheit und Abenteuerlust in gotteswürdiger Fülle an das Sein der Universen auszuspielen.

6.15

Komm Mir nicht zu nah will Ich dir in allem Ernst bedeuten damit du dir die Finger nicht verbrennst ob dem Gedankenfeuer das Ich schon äonenlang für dich praestiere. Kaum zu glauben ists, wie viele Innocente sich recht ungeniert durch Meine Geistesgegenwart hindurchbewegen ohne Mich im Mindesten zu registrieren. Sie versengen sich die Geistesflügel trotzdem, die sie nach Meinem Gusto höhwärts bringen sollen. Nun irren sie wie blank-gerupftes Federvieh umher in ihren Höfchen und wissen nicht wo ein und aus in ihrer kargen Lebensstrategie. Sie füttern sich an noblen Tischen und überfüttern ihre Leiblichkeit und ihren Sach-verstand mit Input von enormen Grössen, doch bleiben sie im Geiste nimmersatt in hunderttausend Nöten.

Wenn Ich nicht wär', so wärs sogleich um sie geschehn, denn Ich gleiche vieles aus in ihren Kraftgemengen und Verzerrungen der Wahrheit die noch immer als in sich stabil das Zepter führen unter Meinen unbestechlichen Augen. Ich durchschaue was die Vielen so gekonnt und siegessicher zu verbergen suchen und erheitere Mich an dem Eifer der sie zu so blanken Lügen führt, dass sie jeder-mann ins Auge stechen.

Bitte mach dir keine Sorgen um ihr unverschämtes Wohl. Sie passen nicht durch jene schmale Ritze durch die Ich die Gerechten Meines Seins und Sinnens dirigiere. Doch diese triumphieren endlich ob der Schwebeleichte des Gemütes, die Ich ihnen alleweil verschaffe, wenn sie Menschenwürde und Barmherzigkeit, Redlichkeit und Seinsbescheidenheit bewiesen haben. Wer Herzenfrieden spüren möchte trete still und kaum bemerkt auf Meine gnadenvolle Seite und empfange Meines Lichtes wonnevollen Strahl. Du wirst es nie bereuen, wenn du gleichziehst mit den Meinen die Mein Lebenswerk begriffen haben und damit ihr Soll erfüllen in des langen Lebens auserlesnem Ritual. Diese werden unversehrt von Meinem Geistesfeuer in die Höh getragen, weil sie ihrer Schwingen mächtig sind und sie zu ihrer Hoffnung und zu ihrem Heil gebrauchen. Sie sehn das Hehre herrlich vor sich schweben und erfassen es mit wachem Sinn und wunderbarer Dignität in der sie völlig unbeschadet *sind* und leben. Ihre Seelenaugen sind Mir zugewendet und ihr Sein und Trachten generiert Glückseligkeit soviel sie nur erfahren wollen in des Daseins blühendem Gedankenreich sowie im liebevollen Gottesgeist- Gewahren.

6.16

Wer räuspert sich, wenn Ich ihn rufe und traut sich seines Daseins Schliche, Eitelkeiten und Besudelungen offen vor Mir zu gestehn? Es stände jedem von den menschlichen Geschöpfen bestens an, sich über seine schlimmsten Fehler tiefgefasste Rechenschaft zu geben, denn sie hindern ihn daran Meiner makellosen Gegenwart in ihm gewahr zu werden. Wie müsste er sich vor sich selber schämen, wenn er wüsste welchen zwitterhaften Eindruck er im geistigen Bereich des Lebens hinterlässt vor aufmerksamen Götteraugen.

Bist du gewillt in Sachen bodenständiger Moral gerade bei dir selber anzufangen wirst du allmählich immer bessere Renditen, Resultate und Verbesserungen im Umgang mit dir selbst und deiner weitgedehnten Lebenswelt erzielen. Die Welt verbessern heisst in jedem Fall sogleich und tüchtig bei sich selber anzufangen. Nur mit bestandener Moral wirst du in deinem Kreis und Kreisen dich als Vorbild an Gewissenhaftigkeit und Edelmut erweisen. Das mag dann Schule machen bis zum Weltbedeuten, was die überragenden Persönlichkeiten über weite Strecken der Geschichte uns bewiesen haben.

Du kannst dir denken, welchen wohlgeschärften Sinn Ich für die Seinsgerechtigkeit und Wesensharmonie entwickelt habe. Da gibt es nicht ein Fältchen oder gar bedeutende Verwerfungen und Wirbeltänze auszubessern. In Meinem Reich sind Wohlgeordnetheit und hochgehaltne Tugend Legion und niemand soll sich wundern, wenn ihm da Gutes, Gottgesegnetes und Seelenvolles widerfährt.

Nach wie vor ist es nicht ohne sich auf das wundervolle Wort „deines Reiches Wohlfahrt möge zu uns kommen", zu besinnen und sich zugleich eifrig in den Kreis der Gütigen und Gottbegnadeten, Holdseligen und Glückbegabten einzureihen in des Lebens grossgefächertem Gefüge.

6.17

Kontraproduktiv kann werden was du gut meinst, wenn du Meiner nicht gedenkst um es in Minne auszuführen. Unbedaftes wird schon allzuviel mit bester Absicht produziert, da brauchst du deine Plackerei nicht auch noch willentlich dazuzugeben.

Sieh doch wie Ich dich laufend dazu animiere nach Meinen Plänen mehr zu sein und mehr zu leisten als dir vordem angemessen schien.

Die Heraldik über deinem Hause soll sich mählich von dem Finsteren zum Lichtgesättigten erheben. Dein zerfahrenes Gemüt soll sich in klar gebildete

Konturen fassen, auf die man sich verlassen kann in jeder noch so schiefen und prekären Situation. Es ist als ob sich allgemach Mein Bildnis morgenschön in deine Münze prägte, indem es deine Züge Meinen zu veredelte und ihnen nach und nach den Schmelz des Seinsnatürlichen verlieh.

Du kannst Mir glauben, dass aus dem Zusammenspiel von deinen Werten mit den Meinen eine Symbiose reiner Gottgefälligkeit ersteht die sich im Freudenreichtum der Begabten fürstlich badet. Es wird dein Sein sich dann auf Bahnen der Holdseligkeit des Himmels frei und frohgemut bewegen, und dein Tun und Lassen nimmt den Duktus des Besonderen an im Sinn der liebevollen Geistverbundenheit mit Mir. Die Wesen deiner Obhut lassen sich das gern gefallen, derweil sie ohne weiteres von deinem Zustand der Gottseligkeit devot und portionenweise profitieren. Du machst sie glücklich mit dem Glücke das aus deiner Seele strahlt und bändigst ihre Wildheit mit der Sanftmut des Gelübdes von der Einheit aller Wesen das Ich deinem Herzen hingegeben.

6.18

Wo die Wohltat reiner Gottesnähe herrscht verbreiten sich die Schwingen seligen Friedens über das Gelände Meiner Wahl. Wo die Werte stimmen, deren Zauber Ich mit Meinem federleicht bedecke, ist sogleich die Freude mit im Spiel, in der die glücklichen Gemüter leis vibrieren. Was anders kann es sein als Dankbarkeit und Frieden wo die Seelen ihrer selbst bewusst sind und wo sie das Rad der Zeit voll Anmut weitertreiben.

Von fern gesehn gleicht deine kugelrunde, kunterbunte Erde einem recht verspielten Ort auf Wanderfahrt durch Meiner Seinsgeschichte stillen Ozean des absoluten Friedens. Noch jeder Laut intenser

Regsamkeit verströmt sich in die Universenweiten, die ihrer Bahn zur ständigen Verfügung stehn. Sie ist sich nicht bewusst, durch welch titanische Distanzen sie sich, leichten Fluges, tonlos scheinend, zielbewusst bewegt im Sonnumkreisen. Doch diese wiederum umgleitet eine sagenhafte Mitte wohlgebildet und bewacht vom Zodiac der Sterne, die sich ebenfalls in milliarden-weiten Kreisen drehn. So wallt, bewegt und webt sich alles Anzuschauende in seiner Strahlenpracht durch das, was Ich Mir Bin im gütestrahlenden Bewusstseins-elemente, das selbst die fernsten von den Sternen, Galaxien, Superhaufen, Nebeln, schwarzen Löchern und von roten Riesen übersäten Kosmen noch umgreift in seiner götterlichten Klare.

6.19

Die Geschichte des Weltalls ist zumal von Ent-deckungen, Distanzen, astronomischen Berech-nungen und Stimmigkeiten geprägt. Der Menschen-sinn begreift sie kaum, geschweige denn das unsichtbare Geistesrollen, Tollen und - Geruhsam-Sein in seiner seinsbewussten Praxis, seinem Flow und seinem ständigen Florieren. Im absoluten Seien herrschen weder Zeit und Raum; die Herkunft Meiner Urkraft ist Mir selber ein titanisches Geheimnis. Was ist das ist und kann sich selber in der Definiertheit nicht mehr überbieten.

Wer Meiner Weisheit, Meinem Weistum wie der Überlegenheit und Schönheit Meiner Geistesaber-gründe nur ein Schrittchen weit entgegenkommt, der wird das Geistesuniversum regelrecht be-greifen. In ihm herrscht ruhige Gewissheit weil er weiss, dass es von Mir mit absolutem Wohlverstand gesetzt ist in die Ränge weltenschöpferischer Qualität im Wunderbaren. Was heisst denn „Ich Bin dein" anderes als: Alles Seiende ist akkurat von

Meinem Geistesblute angetrieben und genährt, herangeschafft und ausgetragen. Du bist winziger als du dir je erdachtest im Terristischen und zugleich glorioser als die kühnsten Prophezeiungen, die dein Bewusstsein ehrenvoll in alle Himmel heben.

Meine Botschaft geht an dich in allem Ernste, dass du geistsubstanziell genau dasselbe Bist wie Ich es Bin. Jedoch Bin Ich in dir aus Meinem Eigensein hinausgefallen, um zugleich dezidiert in ihm zu bleiben in der Geistkultur die Ich allüberall betreibe. Das ist die Tragik wie die Generosität, die an Mir haften und mit denen Ich Mich immerwährend durchs Unendliche bewege.

6.20

Zahlen nützen wenig im Vergleich zum Unerschöpflichen mit dem Ich Mich als Geistesfürst und geistgesättigter Titan mit grösster Selbstverständlichkeit umgebe. Mein Wesen ist geprägt von absoluter Gottesebenbildlichkeit die jedoch durch Vereinzelung die Allmacht radikal verliert -und zugleich beibehält- im profunden Über-Mich-und-Meine-Seinskraft-Reflektieren. Ich resümiere was Ich immer kann in Meinen weitgedehnten Hallen kosmischer Dimension im Lichte das Ich ihrem Sinngehalt verstrahle.

Was dir und deine Seinsgeschwistern noch wie ein vertracktes Märchen tönt steht in überragend klarer Definition vor Meinem Seinsgewissen und ergänzt sich laufend durch die neu gewonnene Gedankenflut.

Bin Ich auch für dich die Stimme Gottes im Exil, so fühle Ich Mich umso inniger direkt in dir daheim, tonlos wirkend und dein multitalentiertes Seinsgedeihen fördernd über alle Massen.

Von der östlichen Gefühlswelt lege Ich gerade so viel in die Deine wie dir nottut um geistergeben, menschenfreundlich, gottesfürchtig und stabil zu sein. Von der westlichen Manier jedoch gelangen schöpferische Klarheit der Gedanken sowie ökonomische Versiertheit in dein Denkvermögen. Beides soll im europäischen Gebiet ein wunderbares Equilibrium erreichen und damit den Fortschritt deines Weltenseins entscheidend profilieren.

Immerzu bewahre Ich Mein Menschengut in der Verbindlichkeit mit Mir und Meinen Engelscharen. Sie sind dir nah im Geisteswallen und gewähren dir vor allem Schutz, Erhabenheit im Wirken sowie die Kraft vollends in Meiner alles überragenden Regie zu stehn.

Reibst du dir die Äuglein aus

7.1

Alle Kleinlichkeiten sind sogleich vom Tisch, wenn Ich dich, o Mensch, mit Meinem Zauberstab berühre. Ganz verwundert reibst du dir die Äuglein aus und fühlst dich wie verwandelt als in einer Welt von sagenhafter Leichtigkeit, Bewusstheit, Himmelsgrazie und wundersamer Schöne. Ich lisple dir liebreiche Worte seelenvoll entgegen und beschere dir von dem, was Ich Mir Bin, beständig mehr.

Was du vordem für gar nicht möglich und glaubwürdig gehalten, siehst du nun manierlich und genau geplant seine Künste vor dir offenbaren.

Das sind die Früchte Meiner Hinterlassenschaft in dir und deinem Seinsgewissen, deren duftige und lustige Besonderheiten du empfinden darfst in ihrer ganzen fabulösen Schönheit, Himmelsgrazie und seinsvertieften Harmonie. Du stehst verdattert da und traust dich kaum zu atmen vor der Wucht des geisterfüllten Ambiente, in das du dich versetzt und eingemittet siehst.

Was dir zu erklären nottut, schenk Ich dir und was du schon von Mir erhalten hast das möble Ich gebührend auf, um es dir noch beliebter, gnadenvoller und versierter vor den Augen-Blick zu stellen.

Bei soviel dezidiertem und versiertem Seinsbetrachten gehen dir noch und noch die Äuglein über vor Verwunderung und du gestehst dir endlich ein wie wenig du vom wahrhaft Grandiosen weisst das Ich dir Bin und das Ich nach und nach der Schar der Seinsverständigen entbiete.

Gehst du locker zum Spazieren achte bitte darauf was dir so begegnet und vor allem sieh die Menschen an als Mich in ihrer Schlichtheit, protzi-gen Banalität, Verspieltheit oder wunderbaren Geistesgrösse. In ihnen Bin Ich, ohne dass sie's wissen, allen Seins verehrenswerte Gegenwart, Prosperität und liebevolle Anteilnahme am Geschick der Individuen. Machst du dir dieses Phänomen genügend klar, so wird in dir noch jedem Gegenüber Ehrfurcht und entschiedene Verehrung walten. Das schafft Liebe, Hilfsbereitschaft und Besonnenheit im menschlichen Betrieb und lässt in vielen Herzen innigen Dank und lächelnde Glück-seligkeit erspriessen.

7.2

Wer kann sich rühmen so wie Ich im Weltall aufzutreten in Erhabenheit und Gotteswürde über ihm? Wie mit den Perlen eines Rosenkranzes abgezählt ist darin Werk um Werk vor Mir ent-standen, und entstehen werden durch die kommen-den Äonenläufte noch viel mehr. Wie mit prall-gefüllten Auftragsbüchern ausgestattet Bin Ich dauernd am Kreieren neuer juveniler Wirklichkeiten, deren Charme und Süsse der von frischen, zappeligen Kindchen gleicht in ihren ersten Lebens-jahren. Wie zerbrechen sich die Weisen aus dem Urknall-Lande doch das Köpfchen, brütend über dem Gedanken wie die Nullsekunde ihren Lauf genommen haben könnte. Alles schön und gut, doch vergessen sie dabei, dass sie ausgerechnet damit Meinem weiterführenden so genialen Schöpfertum geradezu das Handwerk legen. Nur Veränderungen der vorhandenen Materie könnten so entstehn, und woher denn diese kam ist akkurat am Knackpunkt des Geschichtsbeginns zu fragen?

Wer an des Ur-Knalls Un-Sinn glaubt, soll sich gedankenvoll am Hinterköpfchen kratzen und darauf warten, bis er sich der faszinierenden Bewusstheit inne wird, deren er sich rühmen kann in seinen reifsten Jahren. Dann weiss er, dass aus einer alles überragenden verehrenswerten Geistsubstanz, als die Ich Mich erkenne, das Geschaffne deduziert und hingeblättert worden ist, an dem vor allem die

Gescheiteren, als wir es sind, ihre Herzensfreude und den multikreativen Anteil haben.

7.3

Wer das Unsichtbare, Geistige, Weltenschöpferische, Lebenspendende und Dirigierende, das Ich Mir Bin, verwirft, bloss weil er es nicht sehen oder testen kann, der ist ein Närrchen erster Güte dem man zu seiner sagenhaften Bodenständigkeit nur wärmstens gratulieren kann. Ihm ist vom Schiff aus zu empfehlen: Wasche dir die Seelenäuglein aus damit sie sehend werden für das Allerfeinste, wie das Grandioseste dessen sich die Wissenschaftlichen versichert haben. Was dir da an genialer Schöpferkraft intelligentissima ganz nahe vor der Nase liegt kann ja nimmer aus sich selbst daherspazieren. Denkst und fühlst du dich in das Geschaffene hinein, erkennst du wie das Leben an sich, das Ich in ihm Bin, pulsiert und strömt, leidet, jubiliert und seiner selbst bewusst ist in bewundernswerten Massen. Nur schon deine ganz normale Wachheit wird dir ohne weiteres genügen um ein Gottesgeistiges, das hinter allem waltet, festzustellen. Gräbst du aber in der tiefsten Meditation geduldig in das unsichtbar Lebendige hinein, wirst du mit absoluter Sicherheit den Weltengeist am Werke finden.

Dein Verständchen reicht zwar bis hinauf in sagenhafte Höhn, doch wenn es weitergehen soll so muss Erkenntnis an sich zum begehrenswerten Zuge kommen. Was du innig weisst wird dir dann so bedeutungsvoll, dass du dein ganzes Sein und Streben darauf modellierst. Es wird dir zur Gewissheit, dass Ich Bin. Und was aufs Graziöseste erstaunlich ist, dass auch du dir Bist das einzigartig aufgefächerte und ziselierte Geistesmedium, das aller Welt zugrunde liegt in minikrimsten wie in jegliche Begriffe übersteigenden und höchst bewundernswerten kosmischen Dimensionen.

7.4

Ohne weiteres ist für dich davon auszugehen, dass du Bist und dass Ich Bin ein allerwürdigstes und kräftestrotzendes Bewusstsein sonder Güte, an dem die tragenden unendlich vielgewandten Weltengeister ihren sagenhaften Anteil haben. Was immer du dir richtest und davon gekonnt berichtest ist von zweiter Hand getätigt worden, denn als erste war Ich schon am Werk bevor du auch nur das Geringste von dir wissen konntest, sowie von der Umgebung die Ich weise wissend für dich schuf.

Mein Gelehrtentum ist deinem haushoch überlegen weil es a priori alles kennt und namentlich benennt, was *ist*, derweil es ohnehin durch Meine Finger lief. Was du dir mühsam zu erringen und erbringen trachtest ist in Mir bereits aufs Eleganteste getan und braucht nicht nachgebessert oder aufgestockt zu werden. Was dir brandneu erscheint in deinem kurzgefassten Lebensstil das ist für Mich schon längstens abgetan, wie du's schon aus den ältesten der Schriften mit gestrecktem Finger buchstabieren kannst. Das Schauspiel Meines Seins hat aller Zeit voran begonnen und Mein Vorhang wird in Ewigkeit nicht fallen, wenn der Deine längst vermodert ist und der Applaus verhallt in unbekannte Fernen.

Dass Ich schon immer war erweist sich hier als wundervolles Omen, denn so kann Ich, was du je getan, dir stante pede vor die Augen halten damit es dir zur tätigen Erbauung und zum Seelenheil gereiche. Es ist ein grosser Schritt von dir getan, wenn du begriffen hast was es für dich bedeutet „wende dich mir zu" zu Mir zu sagen. Denn im Wissen um dein Weltenschicksal weiss Ich auch wie dir zu helfen ist in deinen über viele Leben hin gespannten Nöten. Ich löse dir die Knoten die du laufend unbedacht getan und erlöse dich schlussends zu einem makellosen Sein in Meiner Fülle, Fürbitt und Gediegenheit, glückseligen Atems, Weilens und Erhabenseins im Wunderbaren.

7.5

Gesponsert wird nur der von dem Ich Kunde habe über seine Seriosität und sein Bestreben, Meinem Reich der Wahrheit und der Tugend, der Beständigkeit und Liebenswürdigkeit anzugehören. Allzuviel vermagst du ja nicht für dich selbst zu unternehmen, denn zum einen ist der Geist zwar willig, doch die Sinne schwächeln und geben in gar vielen Fällen der Versuchung nach. Nur mit Meiner fulminanten Hilfe bist du fähig dich gewissermassen an dem eignen Schopfe aus dem Sumpf zu ziehn. Darüber triumphieren mag dann dein naives Ritual, doch allgemach wirst du dich Meinem kapitalen Einfluss gegenüber innig dankbar und verständig zeigen.

Auf die Frage nach der Ferienzeit in Meinem Reiche heisst es konsequenterweise: nein. Der Versucher brennt beständig darauf, deine schwächste Stelle anzugreifen und nach seinem Bilde umzumodeln, was da heisst, dich lascher, leichtsinniger und launischer herauszubringen.

Wenn Ich trödle trödle Ich mit Wohlbedacht und Stil. Du aber bringst es fertig deine Zeit gedankenlos und witzlos zu vertun ohne jegliche Rendite. Dafür scheinst du kein Minütchen für Mich frei zu haben in der Hektik und Verwirrung, die du ständig produzierst. Dabei stände es dir bestens an, dich täglich zu gegebner Stunde darauf zu besinnen, was du wirklich *Bist,* als selbstbewusster, krisensicherer und tapferer Kollege einer Gottheit von Format und spielerischer Überlegenheit im weltenmännischen Gebaren.

Wende dich Mir zu und sonne dich in Meinem Antlitz voller Gnaden und Begünstigungen die dir eine fabelhafte Stütze sind auf deinem Kriechgang durch die Lebenszeiten. Hoch aufgerichtet sollst du jederzeit vor Mir einhergehn als ein Herold Meiner Gottestaten. Dein Wort soll klingen als ein feiner Lobgesang hinauf zu Meiner Ehre und Bravour, Mich zu begleiten auf des Gottesgeistes Schauung, Pflicht und glückerfülltem Stil.

7.6

Lebst du mit Gott auf Du und Du kann dir nichts Ungebührliches geschehn. Er ist in dir des Daseins silberhelle Ruh und hilft dir seine immanente Geistesgegenwart real zu spüren. Was es auch sei du Bist in dem geborgen, der schon lange vor dir war, und alles was du dir erworben, lag schon längst für dich bereit auf deines Seiens blühendem Altar. Ich will dich neben Mich gesetzt erhalten und dir von Meiner Trautheit viel vergeben, damit in deinem Sein Burgfrieden möge walten von Mir gespendet im beglückenden Vorübergehn. So freue dich denn, Mir und keinem andern zu gehören und labe dich an dem was Ich dir schenken mag – es ist ein Teil von Meinen Himmelschören die dich gar liebevoll begleiten durch den freudenvollen Tag.

7.7

In Mir beschlossen soll dein allerbester Ratschluss sein im Leben wie im seligmachenden Hinüber-gehn. Sämtliche Begriffe, welche du dir denken könntest sind in Meinem Sprachlabor schon hundertfältig überboten und stellen für Mich keine Widerspenstigkeit mehr dar. Es strömt, es fliesst Mir alles elegant und leichterdings dahin wo Ich Mich frei und friedevoll und mit Mir selber wohlvertraut erfühle. Wie Meine Dinge vor Mir liegen, kann sich gar nichts besseres durch sie ereignen als was gängig ist und virtuos, vertrauenschaffend und vor allem wunderbar beseligend im Lustschloss das Ich Mir in wohlverdienter Weise zugeordnet habe.

Alles was aus Mir ersteht ist wie von selber lauter, redlich, majestätisch, licht und morgenschön. Ich kann es kaum noch fassen wie verspielt und wohlgelungen, kostbar und bewundernswert Mir alle Dinge Meines Daseins in der Universenwelt geworden sind. Ich schaffe Göttergunst an Mich heran und verteile sie in wohlgemessnen Portionen redlich um Mich wieder. Es sind Gebilde reiner Grazie die sich wie Schleier durch das Himmelslicht bewegen und ihr Sein damit der unerhört geschmeidigen und liebenswerten Wesenswelt aufs Wunderbarste präsentieren. Achate der Beschaulichkeit kann man sie nennen, Betörte mit Geschichten aus Arabien und Verkünderinnen einer Eleganz und Güte wie von göttlichen Beginen.

Es ist ein hehres und bewundernswertes Ziel sich selber zu beglaubigen wie Ich es tu und wie Mir alle Lebensdinge locker von der Hand und vom Gewissen fliessen. Niemand kann Mir widerstehen ob dem Charme und der vitalen Seinsbehendigkeit die Ich um Mich verbreite. Momente reinen Friedens reihen sich zu einer Perlenschnur von auserlesner Kostbarkeit zusammen und verkünden im bewussten Tragen Edelmut, Erhabenheit und himmlische Gelöstheit ohnegleichen..

7.8

Alternativen gibt es für dich viele, doch nur eine ist es die hier wirklich zählt und welche wie vom Himmel auf die Erde niederfährt um männiglich aufs Fabelhafteste und Innigste mit reiner Grazie zu erfüllen. Du schaust gebannt auf die globalen, ach so wetterwendigen, Verhältnisse und ziehst ob diesen eine mehr als kritische Bilanz die dich recht traurig stimmen könnte in des Herzens subtilinem Milieu. Doch schau dir bitte diese Welt bewusst von innen an, das heisst von der Seite jener Geisteskräfte her, die alles was da *ist* in strahlender Lebendigkeit erhalten. Sie wirken seit Äonen unbeirrt am kosmischen Gebäude und verwirklichen sich selbst indem sie kräftestrotzende Natürlichkeit bewirken. Verstand und Seele sind sie in den Menschenwesen, Geistigkeit und dominantes Ich-Gefühl. Du bewegst dich mitten durch das Weben grandioser Geisteswesen, die zu dir und allen Herzensharmonie, Barmherzigkeit und Tugend, ewige Jugend, Redlichkeit und namenlose Zuversicht verströmen.

Das Geniale und Gewissenhafte das sie *sind* und das Ich Bin ist nach wie vor gezielt und unbeirrt am Werke, um die paradiesischen Ideen ihrerseits bis zur Vollendung in den Geisteshöhn zu treiben. Dann wird das Gotteswerk mit unerschütterlicher Überzeugung an der Welt getan, und, soll es auch in dir zur Wirkung kommen, brauchst du nur das Zweifeln und Verzweifeln aufzugeben um an ihre Stelle Seinsvertrauen, Liebenswürdigkeit und zielbewusstes Tun zu setzen. Das ist dann der Wendepunkt in deines Lebens Lust und Strategie. Du bestätigst dich im würdigen Zusammenwirken mit den Universengeistern die von Fülle, Wachheit, Himmelsgrazie und reiner Gottesliebe was verstehn.

7.9

Bist du felsenfest und immerzu mit Mir verbunden darfst du ruhigen Gewissens und mit wunderbaren Seinsgefühlen deinen Schicksalsweg beschreiten.

Warum so unbesorgt, so tapfer, so fidel? Weil es haargenau der Meine ist in deines Überlegens tiefgefasstem Stil. Du brauchst dich nicht zu zieren, wenn du zugibst, dass du leichterdings und schlauerweise weiter nichts ins Rollen bringst als das was Ich dir aus Geschmack und Götterweisheit liebevoll befehle. Wort für Wort nimmst du Mir freudig von den Lippen und beeilst dich ihrem sagenhaften Inhalt nachzuleben. Nur dass es dir geboten ist herauszufinden auf welche seinssubtile Weise Ich Mich dir verständlich mache. Dazu braucht es absolute Seelenruhe, Seinsvertrauen, Weihung ans Allgöttliche sowie die Heiterkeit des Herzens im beseelten Auftritt der sich an dir jederzeit bewährt.

Gedankenlosigkeit und Widerstand in Sachen Himmelsprozedur helfen dir gerade dort nicht weiter wo es dir am meisten nottut, nämlich dort wo sich der Sinn des Lebens wunderbarerweis an dir erfüllen möchte. Immer wirst du Zweiter bleiben, wenn du dich dem Ersten, der Ich Bin, nicht vollends in die Hände gibst damit es dich zum hochgestecktesten der Ziele dirigiere.

Deines Lebens Wanderschaft soll so bemessen sein, dass schon jede tüchtige Etappe, deines Heldenmuts gewärtig, dir zum Fest des Wohlgelingens wird in allen Disziplinen die der Geistestriathlon von dir verlangt im genialen Operieren. Nicht wissende Bravour und Selbstbestimmung zählen, sondern Gottgefälligkeit und unbeirrtes Den-Vertrauenspfad-Beschreiten. Nur die Einigkeit mit Mir bringt die ersehnten Rosen in dein Tal. Allein was du Mir vormachst und nicht dir, bewirkt das Wunder deiner Seinszufriedenheit und auserlesenen Erfülltheit mit dem Glück der Stunde, der Gediegenheit des Werdens wie des Aufstiegs zur Erhabenheit im liebestrauten Weltensaal.

7.10

Was nicht rund läuft muss den Gang der ganzen Welt behindern, was nicht Meinen Spuren folgt verzettelt sich ins ungewisse Transportieren. Ich befördere nur Dinge die zur Klarheit und Gewissheit führen. Mein Erntedank gehört nur denen die Erfolg in Sachen gottesgeistiger Versiertheit vorzuweisen haben. Und hast du alles dies zur Seinszufriedenheit getan, verehre Ich dir die Erkenntnis dessen was du Bist im Arm der Wohlgefälligkeit von Meinen eminenten Gnaden. Da lässt sich leicht erraten, dass nur wahrhaft Gottgefällige bei Mir zum Zuge kommen und dass sie rein und lauter operieren müssen um von Mir, vor allen Daseinswelten mit dem Siegeskranz geehrt zu werden.

Recht viel verlangt mag dir's erscheinen, doch packst du's tüchtig an so wird das Allermeiste regelrecht von Mir getan in deinem Namen und zu Meiner Ehre im erwartungsvollen Geistrevier. Über nichts und niemand werden Meine Lieblinge sich zu beklagen haben, denn Ich schütze sie vor Unbill jeder Art und bringe ihnen hundertfältiges Vertrauen für das eine Mal entgegen an dem sie Mir vertrauten in der Lebenstage Wucht und Winkelspiel.

Auch ohne dich geschieht was Ich der ganzen Welt besage. Doch mit dir läuft es rascher und geschmierter durch die Zeiten die Ich zur Verwirklichung gesetzt und ausgependelt habe. Ich erleichtere das Weltliche, derweil du es nur allzuoft beschwerst mit deinen Widerborstigkeiten wie dem Drang das Ziel im eigensinnigen Alleingang zu erreichen. Dabei macht Mir keiner nach was Ich mit Nonchalance vollbringe, mag er sich noch so sehr ins Rackern, Quacken und Durchtriebensein verbeissen.

Ich stelle dich vor eine leichte Wahl indem Ich dir zwei Fragen stelle sibyllinischen Charakters unbedingt dem Weltenwohl verschrieben. Die eine lautet: Willst du was du willst auch wirklich für dich tun?, die zweite Frage: Bist du ganz gewiss, dass deine gutgemeinten Taten dir am Ende keinen Schaden bringen?" Die Lösung lautet: Alles was du tust ist ebenso für Mich getan, deswegen musst du mit dem Deinigen dich unbedingt auf Meine Seite schlagen, um zu reüssieren und den Gottessieg zutiefst beglückt davonzutragen.

7.11

Katakomben sind nicht da um lang darinnen zu verweilen. Vielmehr ist Meines Liebeshimmels Offenheit geflissentlich zu suchen und voll Wonne aufzufinden in des Herzens auserlesenem Revier. Nicht nur in den Sternen stehts was Ich Mir überall bedeute, sondern akkurat in jedes Wesens wunderbar gefälliger Natur: das ist, was Ich Verheissungsvolles und Erhabenes, Bewunderswertes und Geniales an der Universenwelt getan. Du bist nicht als verschupftes Hunkerl irgendeinem Winkel zugetan, sondern Sein von Meinem Sein und Weltgeschöpf von Meiner Schöpfung im bezaubernden Allhier. So soll dich, was du Bist, in allem Ernste faszinieren und dir offenbaren, welcher sagenhaften Kräfte es bedarf um so viel Weisheit, Lebenslust, Empfindsamkeit und Energie an so geringem Orte zu platzieren.

Sowie die Einsicht dich belebt von der Beschaffenheit und Würde deiner Glieder musst du auch ein inniges Zusammenhängen spüren zwischen dir und Mir, zwischen jedem Menschlein und der Universenmajestät die es so ingeniös geschaffen. Der Gedanke von der Einheit allen Seins tritt ganz selbstverständlich in dich ein und lässt dich alles was da *ist* aufs Entschiedenste verehren. In Meinem überragenden Konzept und Manifest der

ersten Stunde war nur Positives, Seinsge-
schwisterliches, Liebevolles und Entzückendes ent-
halten. Doch die Gabe des Sich-frei-Entfaltens
brachte Ungleichheiten in den Weltbetrieb, die zu
Querelen und Verwerfungen auf allen Evolutionenstufen führten. Im Gesamten aber wogt und waltet
weiter das was Ich im Ursprung angeregt und
eingemittet habe. Mein Verkraften wird es endlich
doch zur Einsicht und zur Minne Gottes führen unter
Meiner schützenden Ägide, Weltenliebe, Konsequenz und grandios beschützenden Magie.

7.12

Wohlverstand und Sitte sind die Lebenspfeiler und
Garanten für des Menschen lichtes Seelenwohl.
Ausgerechnet du sollst von den Geistespfründen
fürstlich leben, die Ich dir vermacht und zugehalten
habe. Bitte nimm sie an als Brautgeschenk von
Himmels Gnaden und erbaue dich daran.
Was stimmt Mich wohl so gnädig einem Wesen
gegenüber das von Mir so wenig oder gar nichts
wissen will in seiner tragischen Fixiertheit aufs
Terristische, Bombastische der Welt in der er sich
so festlich eingerichtet hat als würd's für eine
Ewigkeit so bleiben. Daran wird er alt und sieht sein
Erdenglück von Tag zu Tag entschwinden. Da sag
Ich: Es entschwindet ihm mit Mir, der Ich an seinem
Sein den allergrössten Anteil habe. Er weiss es
nicht und das gerade ist der Grund weshalb Ich als
ein Bittender und Liebender vor seiner Seinsver-
lorenheit und Geistesarmut steh.
Beginnst du mählich zu begreifen um was es in
des Lebens Litanei und Variante wirklich geht, so
gehn dir auch die Äuglein auf über deines Elends
Kuriosität so gut wie deiner Gotteskindschaft
Wesen. Durch sie zählst du zum Allbedeutendsten
und Liebevollsten was da *ist* und was in deinem

Seelengrunde absolute Einheit zelebriert im Hier und Dort, im Sein und Sinn, im Glück und Elend der Unendlichkeit sowie selbander mit der Gottheit strahlend lichtem und aufs äusserste sensiblem Wesen.

7.13

Was wäre wenn du endlich der Idee der Umkehr mehr Beachtung schenken wolltest in der unnatürlichen Verweltlichung in die du dich im Erdenwahn verstiegen?

O ja, Ich will dir's feierlich besagen: Deine Geisteskräfte würden alsobald mutieren zur Erkenntnis Meines seinsintimen Wesens sowie zu deinem, in Mir integrierten, bis zum gehtnichtmehr. Die Gottesferne würde sich durch deine Umkehr in die wunderbarste Nähe transmutieren. Das „Ich Bin" begänne, sich in deinem Wesen regelrecht als Partner und gottseliger Gefährte zu erweisen. Deinem Menschenschicksal stände Ich als gottgeselliges vollends zu Diensten, was für dich Erhabenheit, herzinniges Sichersein und gloriose Heiterkeit bedeuten würde.

Dass Ich in dir Bin ist offensichtlich und real geworden, weil du unvermittelt anhebst, dich in der Göttersprache, über alles was da hängig ist, zu präsentieren. Ein Seinserklingen ist es in den allerfeinsten Modulationen einer Melodie der Wärme und des liebevollen Tons dem nächsten wie fernsten Weltsein gegenüber. Deine Informationen klären auf was vordem tief verschleiert war und damit für den biedern Bürger ein Geheimnis erster Güte, dem mit gewohnten Mitteln niemals beizukommen war.

Kein Wunder sagst du dir: Ich Bin wie neu geboren und geniesse das sublime Vorrecht Mich stante pede an der Götterbrust zu nähren mit Indegrenzien von ewigem Bestand und von einer Güte ohnegleichen, die Mich in die Lage setzt ein Meister der gottseligen Vernunft wie der unendlichen Begrifflichkeit zu sein von allerhöchsten Graden.

7.14

Was kümmern dich die Lebenssorgen, wenn du Mich erkannt hast als integrer Ratschluss und bewundernswertes Integral? Überhaupt nicht mehr, weil Ich die Lösung Bin für die Erlösten wie der Siegeslorbeer den die Auserwählten würdig und gekonnt auf ihren Häuptern tragen. Hast du die Sphären der Gottseligkeit erreicht sind dir die Weiten des Elysium zum Heim und zur ersehnten Heimat der Glückseligkeit geworden. Dein Bewusstsein segelt all so leicht als wie ein zierlichs Rosenwölkchen am vielgeliebten Lebenshorizont dahin und lässt dir alles froh und heiter, licht und voller Himmelsgrazie erscheinen.

Das Weh der Welt liegt dir wie eh und je am Herzen, doch du erhebst es in die Höhen der Barmherzigkeit wo es veredelt wird und wo die Tränen milder glänzen in des Gottes Liebe und Verständigkeit an allem was da *ist* und leben will und prosperieren. Da wirst du dir nicht lange überlegen, ob es dir in Meinen weitgedehnten Weltenkreisen auch gefalle. Wenn einer jedoch Mein Michselbst-Begründen nicht gewahren will, dem verdunkelt sich die Aussicht auf Mein Reich der guten Gaben und der lichten Lebensspekulationen. Er schliesst sich selber aus von Mir solange bis die Sehnsucht nach dem Licht ihn dazu animiert nicht länger in der Seelenfinsternis zu darben.

Jedem der bei Mir Vertrautheit, helles Heil und Liebe finden will, dem wird sie auch gewährt aus vollen Schalen, und unendliches Verzeihen ebnet ihm die Heimkunft an die Stätte die er einst verliess.

Freude herrscht ob dem Relieve das der einst so Verblendete erfährt, und Frieden wird sein Haupt und Haus von Mir beseelen.

7.15

Scheint es auch nicht mehr modern den Angelus zu beten, so kann Ich dir den Herzensruf nach Meinen grünen Gründen nach wie vor aufs Allerzärtlichste empfehlen. Die Beschäftigung mit dem Gedanken, dass Ich Bin verleiht dir ein verehrenswertes Geistesflügelpaar mit dem du dich in Höhen der Begeisterung am Sein erhebst, die ihresgleichen suchen. Das ergibt sich aus der strikten Ordnung die in Meinem Reiche gang und gäbe ist, derweil Wahrhaftigkeit und zartes Mitgefühl die selbstverständlichsten Triumphe feiern. Sie vereinigen was schon zerfahren schien und heilen alle Herzenswunden die sich vordem massenweise ins empfängliche Gemüt gegraben.

Die Perspektive auf Beglückendes und Seelenvolles soll dir Anlass dazu sein deinen stillen Winkel öfters aufzusuchen um Meiner weisen Gegenwart gewärtig und von ihr zum Heitersein gestimmt zu werden.

Ein gläubig Herz ist eine Perle im Gewand der Gottheit, deren Herrschertum sich über ungezählte Weltsysteme, Galaxien, Universen und bewundernswerte Wirklichkeiten dehnt, an denen alle wohlgesinnten Geister ihren auserlesnen Anteil haben.

Das Dich-Versenken in die grandiose Gottgedankenfülle macht dich tolerant, bescheiden, weitsichtig und loyal den Menschenbrüdern gegenüber die den Erdplaneten simultan mit dir bewohnen und auf ihm ihr Sein und ihre Gottbegnadung zu erleben haben. Ich sende sie in weise wissender Voraussicht dorthin wo sie sich in Sachen Tunlichkeit,

Beweglichkeit, Wahrhaftigkeit und unerschütterlicher Heiterkeit aufs Trefflichste bewähren können. Es ist die silberhelle Gottbegnadung die dir hilft das überwältigende Ganze mit dem Seelenblick zu übersehn um dich darin mit wunderbarer Selbstverständlichkeit und Glorie, Ergriffenheit und Grazie des Himmels zu erfühlen.

Geh in dich und du gewahrst das Mich-Sein in der Fülle deiner Zeiten, weite dein Bewusstsein in das Kosmische hinein und du erkennst die wahre Qualität und Makellosigkeit, Unantastbarkeit und Gottesglorie in deinem lichterfüllten Wesen.

7.16

Wohlauf Kameraden aufs Pferd, aufs Pferd in unendliche Weiten gezogen. In ihnen erfährst du was es heisst ein gottbeseelter Mensch zu sein, wie das die Avancierten allerbestens offenbaren. Der Wind der Hoffnung trägt sie flugs der traulichen Geselligkeit mit Mir entgegen und erweckt in ihnen das berühmte Seinsgefühl, an dem sich Seelenkönige und Geistheroen aufs Beglückendste erlaben.

Auch du bist dazu aufgerufen, in deines Wesens Glorie den Weltgeist aufs Erhabenste und Innigste zu spüren. Er offenbart dir deines Seins ereignisvolles Unikum und dirigiert dich in die Gilde der Erfinder ihrer wahren Wesenheit im Unergründlichen. Niemand ist von Mir verpflichtet sich in Meiner Gründe Grund zu werfen, doch zieht er bei Mir ein sind ihm so viele Köstlichkeiten angeboten, dass er ein Närrchen wäre, das von Mir Bereitete zu meiden und damit in ein Meer von Widrigkeiten, Unbill und Gefahr zu steigen.

In Mir allein erlangst du den ersehnten Herzensfrieden von der Art wie ihn die Götter in sich tragen. Sie ruhen in der Allheit hierarchisch hingebettetem

Gedankenschoss und verweilen glückgebadet in der ausgezeichneten Position, die sie sich mit so trefflichem Elan errungen haben.

Bist du dir bewusst wie viel Ich schon für dich getan und aufgeworfen habe um dir des Daseins Prozedur zu einem Freudenfeste zu gestalten? Du nimmst so vieles selbstverständlich an, doch um es auszubauen musst du deine Hände und den Geist gehörig motivieren. Dein grüner Zweig hängt in den Lüften und viele steile Stufen führen dich zu ihm hinan. Doch magst du ihn erreichen, blinken dir die ewigen Sterne ihren zartgestimmten Gruss entgegen. Sie machen alles wahr was du dir je ersehntest, derweil das Lichte vorherrscht in den himmelhohen Sphären. In Meinem Namen darfst du als ein Fabulum des Ewigen agieren, und deine Wege führen voll Gediegenheit und meisterlichem Klang zu Meinem Ziel.

7.17

Der Seinsbewusste wandelt als ein König über Feld und Auen und verschenkt die Gaben Gottes an die Umwelt mit der Nonchalance des wundertätigen Wesirs. Er sammelt und zerstreut geradeso wie Ich es schon seit eh und je gehalten habe. Meine Tugenden sind Legion und Meine guten Tränke laben myriaden Wesen die noch mindestens mit einem Fuss im Argen stehn. Der andere jedoch ist schon auf das gelobte Land gesetzt, das Ich mit Gotteskraft, Gutwilligkeit und Generosität verwalte um damit Meinen Bürgen Bonitäten, Friedenskeime wie das Geäder vielbewunderter Verbindlichkeiten anzubieten.

Wer glaubt, er sei von Mir und Meiner Geisteswirklichkeit getrennt, ist auf dem Holzweg folgenschwer. Er sieht nicht wie Ich in der Lebenswelt pulsiere als der Odem der Lebendigkeit und Seelenaugenfrische, als Vermittler zwischen oben, unten und neutral, vielfältig, einsam, melodisch und verschwiegen. Du ahnst ja kaum wie Meine Hände nach dem Muster eines Derwisch hundertfach bearmt durch blaue Lüfte wirbeln um der Menschenwelt gerecht zu werden in des Alls gewaltigem Rumoren. Kann Ich nun von dir erwarten, dass du dich ebenfalls in Meinem Sinne rührst und der Welt damit verkündest welchen Vaters Sohn du bist und welches Erbe dir am Ende zusteht: Nämlich die Erkenntnis deiner Selbst als Wesen der Allherrlichkeit in grandiosen Seinsbezügen wie in der Gewissheit, dass du Bist der zeitenlose Bürger einer Welt voll Geisteskraft und Edelmut, Alleinheit und Glückseligkeit im Dienen, Herrschen, Lieben, Wunderwerke schaffen und in dir und Mir aufs Allerzärtlichste bestehn.

7.18

Das Blaue lebt in der Geschwisterschaft von gelb und rot und vereinigt sich zum reinen Lichte, das Ich Bin im gütestrahlenden Allhier. So wird schliesslich alles bunt Gesprenkelte sein Ziel im Eins- und Einigsein von welthistorischer Bedeutung finden in der Weise Meines liebelichten Seins im Unergründlichen. Wie viele Rätsel, Märchen und Behauptungen auch immer existieren mögen, die eine reine Wahrheit wird in alle Ewigkeit bestehen nämlich, dass das Schöpfergenialische vom Anfang bis zur letzten Konsequenz von Mir, dem Einen, ausgeht und sich in alle Wesen ziseliert unter Meines Namens Kraft und Stil.

Deine Wände haben Ohren aber du scheinst keine mehr zu haben um Mein Wort zu hören und es treulich zu befolgen in der all so kleinkariert gewordnen menschlichen Natur. Könntest du dich nur dazu entschliessen Meinem Angebot die rechte

Führerschaft abzugewinnen, würde deines Lebens Schauspiel und Final dem Meinen so berückend ähnlich werden, dass man beide nicht mehr voneinander unterscheiden kann. Verschmelzung ins Gottselige wird man das nennen, wenn du so an dir und Mir gereift bist, dass sie eintritt in verehrungswürdiger Manier.

Überhaupt ist alles Menschliche dem Gottesgeist so sehr verbunden, dass es die Hähne bald schon von den Dächern krähn, du brauchst es nur mit hochgestellten Öhrchen zu erlauschen. Meine Stunde ist für viele längst noch nicht gekommen, du aber kannst sie dir erhaschen im Vorüberwehn, wenn du Vertrauen hast in deines Seins Kapazität sowie in Meine sonderliche Güte. Sie führt dich an den Brunnen der holdseligen Offenbarung Meines Reiches, welches in elysischer Erhabenheit und Geistesklarheit vor dir existiert. Es verströmt sich an die gottergebenen Gemüter, die Ich für ihr Seinsvertrauen aufs Entschiedenste mit Meiner Grazie belohne. Rührst du nur den kleinen Finger deines Glaubens an die zauberhaften Schöpferkräfte über dir, so reichen sie dir ihrer Hände Vielzahl um dich aufzurichten und aus dir ein Werk der Götteranmut und der Himmelsgnade, des Seinsbewusstseins und der Wachheit für das Ewige zu generieren.

Ludwig Weibel, geboren 1933
Lebt in CH-9200 Gossau/St.Gallen
Fernmeldetechniker HTL
Schriftstellerische Berufung zur
„Philosophie des Seins" für vife Geister
www.das-sein.ch